Eine Handvoll Feenstaub

© Carline Brown

Gwyneth Rees ist halb Waliserin und halb Engländerin. Aufgewachsen in Schottland, studierte sie an der Universität von Glasgow und wurde 1990 als Ärztin zugelassen. Als Kinder- und Jugendpsychiaterin arbeitete sie unter anderem in Birmingham und London. Inzwischen nimmt sie diesen Beruf nur noch halbtags wahr, um mehr Zeit zum Schreiben zu haben. Die Autorin lebt mit ihren beiden Katzen in London.

Gwyneth Rees

Eine Handvoll Feenstaub

Aus dem Englischen
von Stefanie Mierswa

Mit Illustrationen
von Angelika Stubner

CARLSEN

Für Cameron MacPherson Christie
und den Winzling von Caroy Cottage

Sonderausgabe
Veröffentlicht im Carlsen Verlag
Juni 2009
August 2007 (CTB 539)
Mit freundlicher Genehmigung des arsEdition Verlages

Umschlagbild: Franziska Harvey
Umschlaggestaltung: formlabor
Corporate Design Taschenbuch: Dörte Dosse
Gesetzt aus der Caslon von Dörlemann Satz, Lemförde
Druck und Bindung: GGP Media GmbH, Pößneck
ISBN 978-3-551-35859-2
Printed in Germany

Alle Bücher im Internet: www.carlsen.de

Kapitel 1

Rosie MacLeod lief den Pfad zu ihrem neuen Haus hinunter, während ihre Mutter Maggie bei der alten Dame von nebenan den Schlüssel holte. Das Haus hieß Thistle Cottage und der See, den man in der Ferne sehen konnte, war der Loch Shee. Es war ein wundervoller Tag und der See strahlte in einem klaren Blau.

Die Haustür von Thistle Cottage war hellblau gestrichen und hatte einen großen Türklopfer, der wie ein Koboldkopf aussah. Rosie lugte zum Fenster hinein. Auf dem breiten Eichentisch in der Küche bewegte sich etwas. Was war das bloß? Neugierig drückte sie die Nase an die Scheibe, um besser sehen zu können.

In diesem Moment bog das Auto ihrer Mutter in die Einfahrt. »Miss MacPhee meint, wir sollen auf die Feen achtgeben!«, lachte Rosies Mum beim Aussteigen. »Ich hatte ganz vergessen, dass manche der alten Inselbewohner noch an sie glauben. Du passt wirklich gut hierher, Rosie.«

Rosie hatte einmal Feen gesehen, als sie mit Windpocken im Bett lag. Damals hatte ihre Mutter gesagt, das wäre eine Fieberfantasie, und sie weigerte sich zu glauben, dass es die Feen wirklich gab.

»Komm, gehen wir rein«, schlug Rosies Mum vor, steckte den Schlüssel ins Schloss und drehte ihn herum. »Miss MacPhee sagt, gestern war eine Putzfrau da, also sollte alles blitzblank sein.«

»Ich glaube, ich habe gesehen, wie sich gerade in der Küche etwas bewegt hat«, sagte Rosie.

»Oje! Hoffentlich keine Maus«, erwiderte ihre Mutter und verzog das Gesicht. »Sonst müssen wir uns Miss MacPhees Kater ausleihen. Er heißt Angus und ist riesig. Angeblich ärgern ihn die Feen immer und ziehen ihn am Schwanz. Wirklich, Rosie, ich glaube, Miss MacPhee ist ein bisschen … du weißt schon …« Sie tippte sich mit dem Finger an die Stirn, was bedeuten sollte: verrückt.

Rosie seufzte. Nur weil ihre Mutter selbst noch nie eine Fee gesehen hatte, konnte sie sich nicht vorstellen, dass jemand anders sie sehen konnte.

Nachdem sie zusammen das Auto ausgeladen hatten, ging ihre Mutter nach oben, um die Betten zu beziehen, während Rosie ein paar Brote für das Abendessen schmierte.

Die Putzfrau war aber nicht besonders gründlich,

dachte sie verdutzt. Der Tisch war von Krümeln und kleinen roten Marmeladenklecksen übersät. Das war merkwürdig, weil das Häuschen angeblich seit dem letzten Sommer nicht mehr vermietet worden war.

Irgendwie hatte Rosie das Gefühl, dass sie selbst auch nur den Sommer über hierbleiben würden. Immer wieder musste sie sich in Erinnerung rufen, dass das Häuschen von nun an ihr Zuhause war. Sie konnte immer noch nicht glauben, dass sich ihre Eltern wirklich getrennt hatten. Und jetzt war ihr Dad ganz allein in London, während Rosie und ihre Mutter hierher nach Schottland auf die Insel Skye gezogen waren. Wahrscheinlich würde sie ihren Vater jetzt kaum noch zu Gesicht bekommen. Als Rosie das ihrer Mum gegenüber erwähnt hatte, hatte sie geantwortet, dass sie ihn doch vorher auch nie gesehen hätten, weil er so viel arbeitete. Daraufhin hatte Rosie nichts mehr gesagt, denn ihre Mutter hatte so ausgesehen, als würde sie jeden Moment anfangen zu weinen. Sie weinte ziemlich oft in letzter Zeit.

Rosies Mum stammte aus Schottland und war nur nach England gezogen, weil Rosies Vater James als Rechtsanwalt in London arbeitete. Er arbeitete so viel, dass er nur selten Zeit hatte, etwas mit Rosie

und ihrer Mutter zu unternehmen. Darüber hatten sich ihre Eltern häufig gestritten.
Nach dem Abendessen stellte Rosie das Foto ihres Vaters auf die kleine Frisierkommode in ihrem Zimmer. Dann ging sie in den Flur hinunter, um ihre restlichen Sachen zu holen. Ihre Mutter war überrascht gewesen, weil sie unbedingt ihr altes Puppenbett mitnehmen wollte. Eigentlich spielte sie kaum noch mit ihren Puppen, aber das Bettchen war etwas Besonderes: Ihr Vater hatte es für sie gebaut, als sie noch ganz klein war, und ihre Mutter hatte das Bettzeug genäht. Es störte Rosie nicht, dass an einigen Stellen die Farbe abblätterte und dass die Decke eingerissen war. Sie hatte es auf keinen Fall zurücklassen wollen.
Rosie stellte das Puppenbett ans Fenster und setzte sich auf ihr eigenes Bett. Auf einmal fühlte sie sich sehr müde. Vielleicht sollte sie das Einräumen auf morgen verschieben.
»Ich bin sicher, es wird dir hier gefallen, mein Liebling«, sagte ihre Mum, als Rosie in ihr Schlafzimmer ging, um ihr eine gute Nacht zu wünschen.
Rosie antwortete nicht. Sie schaute zu, wie ihre Mutter ihre Garderobe in den kleinen, altmodischen Kleiderschrank hängte. Dabei musste sie an den modernen Spiegelschrank im früheren Schlaf-

zimmer ihrer Eltern denken. Ihr Vater hatte sich immer beschwert, dass Maggies Sachen viel mehr Platz einnahmen als seine eigenen. »Dad hat jetzt bestimmt zu viel Platz für seine Sachen«, stellte sie fest.

Ihre Mum nickte. »Ja, das wird ihn sicher freuen.«

Rosie widersprach nicht, obwohl sie das nicht glaubte.

»Was unternehmen wir morgen?«, fragte sie stattdessen. Irgendwie fürchtete sie sich ein bisschen vor dem nächsten Tag, jetzt wo sie so weit von allen Dingen und Menschen entfernt waren, die sie kannte.

Ihre Mutter legte den Arm um ihre Schultern. »Wir erkunden die Gegend«, verkündete sie. »Das macht bestimmt Spaß!«

Rosie fühlte sich ein wenig getröstet, ging ins Bett und schlief schon nach kurzer Zeit ein.

Als sie ein paar Stunden später aufwachte, fiel das Mondlicht ins Zimmer. Sie war so schläfrig, dass sie zuerst dachte, sie würde träumen.

Es war ein wundervoller Traum! Da oben über ihrem Bett flog ein winziges Feenmädchen. Sie wagte sich nicht zu nah an Rosie heran, musterte sie aber neugierig.

Mit einem Schlag war Rosie hellwach!

Sie lag ganz still und hielt den Atem an. Schließlich konnte man Feen sehr leicht verscheuchen, wenn sie merkten, dass man sie gesehen hatte. Diese Fee hatte strahlend blaue Augen und goldblondes Haar, das mitten auf dem Kopf zu einem großen, buschigen Pferdeschwanz zusammengebunden war. Sie trug ein eng anliegendes, ärmelloses Seidenoberteil und einen Rock aus weißen Blütenblättern. Am Rücken erkannte Rosie ihre flatternden Flügel, so zart wie Insektenflügel.

In diesem Moment hörte sie eine mürrische Stimme mit schottischem Akzent aus einer Zimmerecke. »Es ist ja so gemein von Flora, mein Häuschen zu vermieten!«

Rosie stellte fest, dass die Stimme einem winzigen Männchen gehörte, das genauso groß war wie die Fee. Es besaß ebenfalls Flügel, schwebte über dem obersten Bord in der kleinen Wandnische und packte Sachen in eine Streichholzschachtel. Es trug einen Schottenrock und dazu passende Socken mit Schottenmuster, die fast bis zum Rock hinaufreichten. Dazwischen schauten zwei behaarte Knie hervor. Obenherum trug es ein weißes Hemd, eine Krawatte mit Schottenmuster und ein schickes schwarzes Samtjäckchen mit langen Ärmeln und winzigen Perlmuttknöpfen. Auf seinem roten Haar saß eine Schottenmütze, an der eine klitzekleine Distel (das Wahrzeichen Schottlands) steckte. Seine Augen waren leuchtend grün und sein Gesicht sah genau so aus, wie Rosie es sich immer bei einem frechen Zwerg oder Kobold vorgestellt hatte.

»Pst! Du weckst sie noch auf!«, flüsterte die Fee. »Sie hat so ein hübsches Gesicht. Sieh nur!«

»Ich dachte, du bist mitgekommen, um mir beim Packen zu helfen, Schneeglöckchen, und nicht um das Mädchen anzuschauen!«, murrte das Männchen und flog herüber, um einen zweiten Blick auf Rosie zu werfen, die sich schnell schlafend stellte. Sie hatte zwar keine Angst vor Feen, aber sie hatte noch nie einen Feenmann gesehen, und dieser hier machte keinen allzu freundlichen Eindruck.

»Sieh nur, was sie für wunderbare Spielsachen hat«, wisperte Schneeglöckchen aufgeregt. »Ich würde so gern zum Spielen herkommen.«

»Kinder sehen vielleicht noch süß aus, aber man kann mit ihnen nicht mehr so viel Spaß haben wie früher«, entgegnete das Männchen trübsinnig. »Sie interessieren sich nur noch für Computer und Videospiele und wollen überhaupt nicht mehr mit uns spielen.« Es flog zum Wandbord zurück. »Was ist – hilfst du mir jetzt oder nicht?«

Zu zweit hoben sie die Streichholzschachtel an

und flogen über Rosie hinweg aufs offene Fenster zu.

Und als Rosie gerade beschlossen hatte sich den beiden vorzustellen, waren sie verschwunden.

Kapitel 2

Als Rosie am nächsten Morgen aufwachte, schien die Sonne zum Fenster herein. Fast kam es ihr so vor, als hätte sie die ganze Geschichte nur geträumt. Ihre Mutter würde das sowieso denken, wenn sie ihr davon erzählte.

Rosie schaute durchs Fenster zum glitzernden blauen See hinüber, dessen Wasser bis ins Meer floss, wie ihre Mutter ihr erklärt hatte. Sie hatte ihr auch verraten, dass häufig Robben und manchmal sogar Delfine in den See schwammen. Rosie konnte es kaum abwarten, zum felsigen Seeufer hinunterzuspazieren und sich alles anzuschauen.

Doch ihre Mutter hatte nicht besonders gut geschlafen und wollte noch eine Weile im Bett bleiben. »Was hältst du davon, wenn du dich einfach ein bisschen allein umsiehst?«, schlug sie verschlafen vor.

Also kehrte Rosie in ihr Zimmer zurück und suchte dort nach ihren Schuhen, die sie am Abend zuvor weggeschleudert hatte.

Als sie sich hinkniete, um unter dem Bett nachzusehen, entdeckte sie einen winzigen roten Gegenstand auf dem Teppich. Neugierig hob sie ihn auf. Es war eine kleine Socke mit Schottenmuster.
Dann hatte sie also doch nicht geträumt!
Fast wäre sie ins Zimmer ihrer Mutter zurückgerannt, um ihr alles zu erzählen, hielt sich jedoch gerade noch zurück. Sie konnte sich gut vorstellen, was ihre Mum dazu sagen würde! Sie steckte die Socke ein und ging nach draußen. Es war ein herrlicher, warmer Tag und Rosie hüpfte fröhlich den Weg entlang. Am Ende der Einfahrt wollte sie zuerst das Gatter öffnen. Dann fand sie, dass es mehr Spaß machen würde hinüberzuklettern. Das Gatter war schwarz gestrichen, und als sich Rosie rittlings darauf niederließ, stellte sie sich vor, sie würde auf einem wilden pechschwarzen Pony sitzen.
»Hüh!«, rief sie dem Gatter zu und schwang ein Bein hinüber, um wie eine richtige Dame mit beiden Beinen auf einer Seite zu reiten. Es schaute ihr ja niemand zu, also konnte sie sich so albern benehmen, wie sie wollte!
Dann bemerkte sie eine große rotbraune Katze, die auf der Böschung im Gras saß. Die Katze fand Rosie anscheinend ziemlich albern, so wie sie zu ihr hinüberschaute. Rosie sprang vom Gatter herunter und

lief zu ihr hinüber. »Bist du Angus?«, fragte sie. Der Kater schnurrte leise und hob den Kopf, um sich von Rosie unter dem Kinn kraulen zu lassen, worauf er noch mehr schnurrte. An seinem Halsband entdeckte Rosie ein blankes, silbernes Glöckchen. »Das trägst du bestimmt, damit du nicht zu viele Vögel fängst, was?«, vermutete sie.

Angus gähnte, als interessierte es ihn nicht im Geringsten, ob er nun Vögel fing oder nicht. Dann erspähte er einen Schmetterling, der an ihm vorbeiflatterte, sprang auf und haschte schwungvoll mit der Pfote nach ihm.

»Angus! Wo bist du?«, rief plötzlich eine krächzende Stimme. »Dein Frühstück ist fertig.« Eine sehr alte Dame mit runzligem Gesicht und grauem Haar erschien in der Einfahrt gegenüber.

»Guten Morgen«, sagte Rosie und sprang hastig auf. »Sind Sie Miss MacPhee?«

Die alte Dame zuckte zusammen, als hätte sie kein Kind, sondern ein Gespenst vor sich. »Hmmm ...«, machte sie. »Du bist anscheinend die Tochter. Deine Mutter hat mir nicht gesagt, dass sie dich allein nach draußen lässt. Hoffentlich hast du Angus nicht erschreckt.«

»Ähm ... nein ... Ich hab ihn nur gestreichelt«, stammelte Rosie.

»Dann ist's ja gut. Komm, Angus, deine Eier mit Speck sind fertig … Ja, ich weiß, dass du nur das Gelbe magst … Du brauchst mich gar nicht so anzuschauen.« Da Angus offensichtlich nicht freiwillig mitkommen wollte, machte sie sich daran, das Tor zu öffnen.

»Mag Ihr Kater wirklich Eier mit Speck?«, fragte Rosie erstaunt.

»Natürlich! Sonst würde ich sie ihm wohl kaum braten«, erwiderte Miss MacPhee ungehalten. Die alte Dame stieß das Tor auf und näherte sich Angus. Sie war sehr dünn und ging etwas gebeugt, bewegte sich aber recht flink.

Rosie musste daran denken, was ihre Mutter ihr über Miss MacPhee erzählt hatte, nämlich dass sie an Feen glaubte. Es gab etwas, das sie unbedingt wissen musste, und ihr fiel sonst niemand ein, den sie danach fragen konnte.

»Ich hab das hier in meinem Zimmer gefunden«, verkündete sie und zog die kleine Socke aus der Tasche.

Miss MacPhee warf nur einen kurzen Blick darauf. »Die gehört sicher diesem unseligen kleinen Teufel, der den ganzen Winter dort gewohnt und alles in Unordnung gebracht hat. Jedes Mal wenn ich hingehe, finde ich Krümel und Marmelade und

Gott weiß was noch alles. Man könnte meinen, er hat dort Partys gefeiert, um die Feen zu beeindrucken!«

Rosie schluckte. »Haben Sie die Feen etwa gesehen?«

»Natürlich hab ich das. Wie könnte ich wohl fast achtzig Jahre lang hier leben und sie nicht sehen?« Miss MacPhee nahm die Socke zur Hand. »O ja, die gehört ganz sicher einem der Winzlinge. Und an dem Schottenmuster erkennt man sogar genau, welchem von ihnen.« Sie hielt sie hoch und kniff die Augen zusammen. »Ach, es hat keinen Zweck – ohne meine Brille kann ich sie nicht richtig erkennen.«

»Können wir nicht ins Haus gehen und Ihre Brille holen?«, schlug Rosie zaghaft vor. Sie brannte darauf zu erfahren, wem die Socke gehörte.

»Hmm …« Miss MacPhee machte ein argwöhnisches Gesicht. »Normalerweise lasse ich keine Kinder ins Haus … Man weiß nie, was sie im Schilde führen.«

Rosie seufzte. Miss MacPhee war anscheinend eher an Feen gewöhnt als an Kinder. Enttäuscht steckte sie die Socke wieder ein. »Es ist bloß, dass ich noch nie einen Winzling gesehen habe«, erklärte sie. »Sind sie so was wie Feen?«

Miss MacPhee lachte in sich hinein. »Ja, das kann man wohl sagen, auch wenn sie nicht so genannt werden möchten. Das mögen sie gar nicht! Diese Winzlinge gibt es nur in Schottland – woanders würden sie auch gar nicht hinpassen. Sie halten sich gern für schlauer als die Feen. Das sind sie zwar nicht, aber die Feen machen bei diesem Spiel gern mit, um die Winzlinge nicht zu kränken. Und weil die deshalb so dankbar sind, tun sie alles Mögliche, um den Feen zu helfen.«

»Was denn zum Beispiel?«, fragte Rosie fasziniert.

Doch Miss MacPhee hatte schon Angus auf den Arm genommen und kehrte zu ihrem Haus zurück. Eines wollte Rosie aber unbedingt noch wissen. »Miss MacPhee?«, rief sie ihr nach. Doch anscheinend hörte die alte Dame nicht so gut, wenn sie jemandem den Rücken zugewandt hatte, denn sie gab keine Antwort.

Rosie folgte ihr und holte sie vor ihrem Häuschen ein. Die Tür stand offen und ein würziger Duft von gebratenem Speck strömte heraus. Sofort wand sich Angus aus Miss MacPhees Armen, sprang herunter und verschwand im Haus.

»Miss MacPhee, wissen Sie, was ich machen kann, damit die Feen wiederkommen?«, fragte Rosie atemlos. »Eine von ihnen hieß Schneeglöckchen.«

»Schneeglöckchen?« Miss MacPhee lachte. »Also wenn du das kleine Fräulein herlocken willst, versuchst du es am besten mit Süßigkeiten. Schokolade kann sie nicht widerstehen.«

»Schokolade?« Rosie wäre nie auf den Gedanken gekommen, dass Feen Schokolade mochten. »Aber woher soll Schneeglöckchen denn wissen, dass ich was für sie habe?«

»Du hast doch ein Fenstersims, oder etwa nicht?«, antwortete Miss MacPhee ungeduldig. »Feen sehen immer nach, was die Menschen für sie aufs Fenstersims gelegt haben.« Damit ging sie ins Haus und schloss die Tür hinter sich.

Rosie spazierte langsam die Auffahrt hinauf und zurück nach Thistle Cottage, wo ihre Mutter gerade in der Küche Frühstück machte. Sie winkte Rosie durchs Fenster zu und Rosie winkte zurück.

Schokolade, dachte sie. Nichts leichter als das. Ihre Tante in London hatte ihr zum Abschied eine Pralinenschachtel geschenkt. Sie würde einfach eine von den großen, in Silberpapier eingepackten Erdbeerpralinen nehmen und sie heute Abend zusammen mit der kleinen Socke aufs Fenstersims legen.

Dann musste sie nur noch wach bleiben und darauf warten, dass die Feen zurückkamen!

Kapitel 3

Als Rosies Mutter an diesem Abend nach dem Essen die Tischdecke vor der Tür ausschüttelte, schob Rosie heimlich die Hand in die Pralinenschachtel, die sie zum Nachtisch hatte öffnen dürfen. Sie hatte bereits vier Pralinen gegessen und ihre Mutter fand, das sei für einen Abend genug, sonst würde ihr schlecht werden. Aber diese war nicht für sie selbst, sondern für Schneeglöckchen.

Oben in ihrem Zimmer machte sie das Fenster auf, legte die Praline draußen auf das Sims und steckte die kleine karierte Socke sorgfältig darunter fest. Dann ließ sie das Fenster offen und die Vorhänge zurückgezogen, so dass sie vom Bett aus den Nachthimmel sehen konnte. Der Mond schien hell und Rosie dachte sich, dass sie ganz bestimmt an einem solchen Abend auf Erkundungsflug gehen würde, wenn sie eine Fee wäre.

Rosie hörte, wie ihre Mutter die Treppe hinaufstieg und in ihr Schlafzimmer ging, das ihrem Zimmer gegenüberlag. Sie hatten einen herrlichen Tag zusammen verbracht und waren über die Felder zum Seeufer spaziert, wo sie barfuß durchs Wasser gewatet waren. Ihre Mum hatte ihr gezeigt, wie man Steine übers Wasser hüpfen ließ, und dann hatte sie einen glänzenden, grauen Kopf entdeckt, der sich im Wasser auf und ab bewegte und als Seehund entpuppte. Rosie hatte ihre Mutter schon lange nicht mehr so aufgeregt und glücklich erlebt und ihre Begeisterung steckte sie an. Vielleicht würde es hier doch noch ganz lustig werden.

Jetzt war Rosie müde von der langen Wanderung. Ihre Augenlider fühlten sich ganz schwer an und bald konnte sie das Fenstersims nur noch mit einem Auge beobachten. Sie sah das Silberpapier im Mondschein glitzern und hoffte, Schneeglöckchen würde es ebenfalls bemerken. Dann dachte sie an den Seehund, den sie heute entdeckt hatten. Er war ihnen im Wasser gefolgt, während sie am Ufer entlangspazierten. Ihre Mutter hatte ihr erklärt, Seehunde wären ziemlich neugierig und mochten den Klang menschlicher Stimmen.

Rosie hatte über das Wasser zu dem Seehund hinübergespäht, dessen Kopf aus dem blaugrauen See hervorschaute. »Schade, dass er so weit weg ist. Ich würde ihn so gern streicheln!«

»Wir könnten näher an ihn herankommen, wenn wir mit dem Boot rausfahren«, schlug ihre Mutter vor. »Miss MacPhee hat ein kleines Ruderboot, das sie an die Mieter in ihrem Cottage verleiht. Ich könnte sie fragen, ob wir es benutzen dürfen. Was hältst du davon?«

»Au ja!« Rosie hatte begeistert genickt.

Als sie nun mit geschlossenen Augen im Bett lag, stellte sie sich vor, sie würde in einem kleinen Boot auf den Wellen auf und ab schaukeln, während der Seehund nebenherschwamm. Aber auf einmal war der Seehund verschwunden und stattdessen schwamm ihr Vater neben dem Boot entlang. Rosie streckte ihm die Hand entgegen und zog ihn ins Boot. In ihrem Traum saß Rosie glücklich mit ihrer Mum und ihrem Dad im Boot und aß Pralinen.

Am nächsten Morgen waren die Praline für Schneeglöckchen und die kleine karierte Socke verschwunden. Rosie war wütend auf sich selbst, weil sie eingeschlafen war und die Feen verpasst hatte. Hastig zog sie sich an und lief nach unten, um draußen nachzusehen, ob die Praline und die Socke nicht vielleicht in der Nacht heruntergefallen waren. Sie suchte gerade das Blumenbeet vor dem Haus ab, als ihre Mutter nach ihr rief. Maggie saß im Garten und malte. Sie musste ziemlich früh aufgestanden sein, denn sie hatte schon viel geschafft. Als sie noch in London zu Hause waren, hatte Rosies Mutter viele ihrer Bilder verkauft. Sie wurden häufig in einer Galerie ausgestellt und Rosie wusste, dass ihre Mutter den Leuten versprochen hatte ihnen einige Bilder von der Insel zu schicken. Ihre Mum hatte außerdem die Idee gehabt, Bilder an die Touristen zu verkaufen, die hierher nach Skye kamen. Sie redete sogar davon, eine eigene kleine Kunstgalerie auf der Insel zu eröffnen.

»Rosie, heute ist so ein wundervoller Tag!«, rief ihre Mutter, als Rosie hinter ihr stand und ihr Bild vom See bewunderte. »Möchtest du nicht zu Miss MacPhee rübergehen und sie fragen, ob wir uns ihr Boot ausleihen dürfen? Frag sie, was es kostet, und sag ihr, ich bezahle später.«

»Ach, Mum, kannst du sie nicht fragen?« Rosie hatte es nicht gerade eilig, Miss MacPhee wiederzusehen.

»Ich möchte gern das Bild zu Ende malen. Es wäre mir eine große Hilfe, wenn du das erledigst. Außerdem finde ich es gut, wenn du mal mit anderen Leuten sprichst. Ich möchte nicht, dass du zu schüchtern wirst.«

Warum hast du mich dann an einen Ort gebracht, wo keine Leute sind?, wollte Rosie schon fragen.

Doch in diesem Moment entdeckte sie etwas Glitzerndes auf der Erde. Sie bückte sich, um nachzusehen, was es war, und gab einen erstaunten Laut von sich. Es war das zusammengeknüllte Silberpapier von Schneeglöckchens Praline!

Flora MacPhee saß auf der Holzbank vor ihrem Haus und pulte Erbsen. Rosie hatte noch nie gesehen, wie jemand Erbsen pulte. Alle Leute, die sie kannte, kauften ihre Erbsen in der Tiefkühlabteilung im Supermarkt. Daher schaute sie mit großen Augen zu, wie Flora die langen grünen Hülsen aufbrach und mit dem Finger hindurchfuhr, um die Erbsen herauszulösen. Sie fielen in die Schüssel, die sie auf dem Schoß balancierte.

»Guten Morgen«, begrüßte sie Miss MacPhee und winkte ihr mit einer Schote zu. Zum Glück schien sie heute gut gelaunt zu sein. »Du willst doch bestimmt irgendwas, stimmt's?«

Rosie überbrachte der alten Dame die Nachricht ihrer Mutter.

Flora nickte. »Ja, sie kann das Boot haben, wenn sie möchte, unter der Bedingung, dass ihr beide Schwimmwesten tragt. Kann sie denn überhaupt rudern?«

»Ja, und ich kann es auch«, antwortete Rosie stolz. Sie und ihre Mutter waren im Sommer oft im Park

in der Nähe ihres Hauses in London mit dem Ruderboot rausgefahren.
Rosie wollte gerade gehen, als Flora sie zurückrief.
»Und – hast du Schneeglöckchen gefunden?«
Rosie drehte sich zu ihr um und merkte, wie sie rot anlief. »Ich hab ihr eine Praline hingelegt, wie Sie gesagt haben, und bin dann leider eingeschlafen. Sie war aber bestimmt da, weil die Praline und die Socke heute Morgen weg waren. Dafür hab ich das hier gefunden.« Sie zog das Silberpapier aus der Tasche und zeigte es Flora.
»Was für ein eigensüchtiger kleiner Vielfraß! Musste die Praline natürlich sofort aufessen und alles für sich haben, anstatt sie mitzunehmen und den anderen etwas abzugeben. Bestimmt hat sie heute furchtbare Bauchschmerzen, und das geschieht ihr ganz recht!«
Rosie blieb vor Staunen der Mund offen stehen. »Können Feen denn Bauchschmerzen bekommen?«, fragte sie ungläubig.
»Und wie! Sie können sich auch erkälten. Nichts kann einen so erschrecken wie eine niesende Fee. Ein so seltsames Geräusch hast du noch nie gehört. Ich hatte letzten Winter einen erkälteten Winzling in meinem Haus und ich sage dir: nie wieder! Der

arme Angus wusste gar nicht, wie ihm geschah. Und ständig verschwanden Taschentücher.«

»Ist er wieder gesund geworden?«, erkundigte sich Rosie.

»Ja, schon, nachdem ich oben im Moor Torfmoos für ihn gesammelt und ihm daraus einen heißen Grog gebraut habe. Da fällt mir etwas ein …« Miss MacPhee griff nach der nächsten Erbsenhülse. »Ich habe eine Idee, wie du die Feen zu Gesicht bekommen kannst. Sie sammeln das Moos wegen der heilenden Wirkung im Moor und benutzen es für alles Mögliche. Am ehesten kannst du eine ganz frühmorgens in der Dämmerung entdecken, denn um die Zeit gehen sie ins Moor hinauf. Aber das geht natürlich nur, wenn du selbst so früh aufstehen kannst. Ich weiß ja, wie das bei euch Stadtmenschen ist!«

»Klar kann ich früh aufstehen«, entgegnete Rosie. »Außerdem bin ich ja jetzt kein Stadtmensch mehr.« Sie wurde rot. »Mum sagt, ich soll fragen, was es kostet, Ihr Boot auszuleihen.«

Miss MacPhee kicherte. »Na, wenn du kein Stadtmensch mehr bist, kann ich euch auch nichts berechnen. Nur die Urlauber müssen was dafür bezahlen.« Sie zwinkerte Rosie verschwörerisch zu. »Sag deiner Mutter, solange sie meine Nachbarin ist, kann sie es ausleihen, wann immer sie will.«

Rosie wollte sich gerade bedanken, als sie Angus bemerkte, der den Weg entlanggeschlichen kam und etwas im Maul hielt. Er machte einen sehr selbstzufriedenen Eindruck.
»Was hast du denn da?«, wollte Flora von ihm wissen. »Komm her und zeig's mir!« Sie stand langsam auf und schlurfte auf ihn zu. Dann bückte sie sich und gab ein paar ermutigende Laute von sich, als hielte sie ihn für den schlauesten Kater auf der ganzen Welt und wollte bewundern, was er da gefangen hatte.
Sobald Angus nah genug war, streckte sie die Hand aus und packte ihn. »Rosie, sieh mal nach, was er da im Maul hat, ja? Aber sei vorsichtig! Pass auf, dass er dich nicht beißt!«
Rosie hatte normalerweise keine Angst vor Katzen, aber sie musste zugeben, dass sie sich vor Angus ein wenig fürchtete. Als sie jedoch den kleinen Vogel sah, der zwischen den Zähnen des Katers gefangen war, wollte sie ihn unbedingt retten. Also öffnete sie vorsichtig Angus' Maul, während Flora seinen Kopf festhielt. Angus gefiel das gar nicht und er fauchte wütend, als der kleine Vogel zu Boden purzelte und dort wie betäubt liegen blieb.
»Ist er verletzt?«, fragte Rosie besorgt.
»Ich glaube nicht – nur gelähmt vor Angst.« Flora

hielt Angus immer noch fest. »Bring ihn irgendwohin, wo Angus ihn nicht findet. Wenn er sich erholt hat, fliegt er bestimmt wieder weg.«
Also legte Rosie das Vögelchen auf die ausgestreckte Hand und trug es vorsichtig nach Hause. Ihre Mutter war noch im Garten und malte. Als Rosie auf sie zukam, hielt sie inne. »Du könntest ihn auf dein Fenstersims setzen. Dort ist er in Sicherheit und du siehst, wenn er wieder wegfliegt«, schlug sie vor, nachdem sie den verängstigten Vogel sanft gestreichelt hatte.
Rosie hielt das für eine gute Idee. Als sie jedoch nach oben in ihr Zimmer ging und das Fenster öffnete, um den Vogel draußen auf das Sims zu legen, fand sie dort etwas anderes: ein Armband aus Blumen, das genau die richtige Größe für ihr Handgelenk hatte. Sie setzte den Vogel neben dem Blumenring ab und kurz darauf zuckte er mit dem Kopf und machte wieder einen munteren Eindruck.
Rosie nahm das Armband und schaute es sich genau an. Es bestand aus winzigen Blumen in verschiedenen Farben – Lila und Rosa und Blau und Gelb –, die miteinander verflochten waren wie Gänseblümchen in einem Kranz. Nur eines war anders: Es glitzerte in der Sonne, als wäre es mit goldenem Glitter bestreut. Rosie zog es an und rannte nach unten.

Sie konnte ihre Aufregung kaum verbergen. Fast war sie sicher, dass die Feen das Armband für sie gemacht hatten, aber nur eine Person würde das ganz sicher wissen.

»Ich geh noch mal kurz zu Miss MacPhee rüber!«, rief sie ihrer Mutter zu.

»Sieh mal!«, antwortete ihre Mum und zeigte nach oben.

Rosie blickte hinauf und lächelte, als sie den Vogel entdeckte, den Angus gefangen hatte: Er erhob sich von ihrem Fenstersims und flog hoch über ihnen auf die nächsten Baumwipfel zu.

Kapitel 4

Am nächsten Morgen eilte Rosie auf das Gatter zu, das zum Moor führte, und schaute dabei auf ihr Handgelenk hinunter. Als sie am Vortag mit dem Blumenarmband zu Flora gelaufen war, hatte die alte Dame gesagt, sie sei fast sicher, dass es ein Feenarmband sei und das glitzernde Zeug darauf Feenstaub. »Das Blumenarmband einer Fee verwelkt erst, wenn kein Feenstaub mehr darauf ist«, hatte Flora ihr erklärt. »Wenn das hier also ein Feenarmband ist, bleiben die Blumen mindestens ein paar Wochen lang frisch.«

Heute sahen die Blumen in Rosies Armband immer noch aus wie eben erst gepflückt.

Rosie erreichte das Gatter und sprang auf die unterste Querstange. Seit sie hierhergezogen waren, wurde sie richtig gut darin, über Gatter zu klettern. Sie hatte extra den Wecker gestellt, damit sie heute ganz sicher vor dem Morgengrauen aufwachte. Draußen war es noch ziemlich dunkel gewesen. Aber sie wusste, dass sie unbedingt bei Sonnenaufgang im Moor sein musste, wenn sie die Feen sehen wollte. Während sie über die holprigen Grasbüschel und Moospolster stapfte, wurde es von Minute zu Minute heller. Flora hatte ihr erzählt, dass die Feen im Wald lebten, daher sollte sie sich einen Moosteppich in der Nähe der Bäume aussuchen, wenn sie ganz sicher eine Fee zu Gesicht bekommen wollte.

Bis zum Waldrand brauchte Rosie länger, als sie gedacht hatte. Inzwischen war die Sonne hinter den Bäumen aufgegangen und weit und breit waren keine Feen zu sehen. Rosie vermutete schon, dass sie ihr Moos bereits gesammelt hatten und nach Hause zurückgekehrt waren, als sie plötzlich einen blauen Fleck bemerkte, der durch das Gras huschte. Was war das? Vielleicht ein Schmetterling? Rosie schlich näher heran und erkannte, dass der blaue Fleck etwas sehr viel Größeres als ein Schmetterling war, nämlich ein riesiges blaues Blütenblatt, das zu einem Feenkleid gehörte! Sie hielt den Atem an. Die Fee, die das Kleid trug, bückte sich und suchte etwas im Gras. Sie hatte glänzendes schwarzes Haar, das ihr bis auf die Schultern fiel. Ihre zierlichen Flügel waren halb hinter ihr zusammengefaltet und zitterten sanft im Wind.

Rosie war so aufgeregt, dass sie kein Wort herausbrachte.
Plötzlich drehte sich die kleine blaue Fee um, bemerkte Rosie und stieß einen leisen erschrockenen Schrei aus. Sie ließ das Mooskörbchen fallen, das sie in der Hand hielt, und flüchtete, so schnell sie konnte, in den Wald.
»Komm zurück! Ich tu dir nichts!«, rief Rosie ihr nach. Doch die Fee blieb verschwunden.
Rosie setzte sich auf die Erde und hob vorsichtig das Körbchen auf. Es bestand aus Baumrinde und hatte einen aus Efeu geflochtenen Henkel. Das Körbchen war bis zum Rand mit frischem Moos gefüllt, also war die Fee anscheinend fast mit dem Sammeln fertig gewesen. Vielleicht würde sie zurückkommen und das Körbchen holen, wenn Rosie lange genug wartete. Rosie brachte das Mooskörbchen zum Waldrand und hielt nach einem guten Platz Ausschau, wo sie es abstellen konnte. Sie entdeckte einen Baumstumpf, an dessen Fuß ringsherum Blumen wuchsen. Sie sahen aus wie die in ihrem Armband. Rosie stellte das Körbchen auf den Baumstumpf und setzte sich ein Stück davon entfernt ins Gras. Vielleicht kam die kleine blaue Fee ja zurück, um ihr Körbchen zu holen, dann konnte Rosie ihr sagen, dass sie sich nur mit ihr anfreunden wollte.

Doch Rosie wartete und wartete und die Fee ließ sich nicht mehr blicken. Allmählich wurde es spät und Rosie wusste, dass ihre Mutter bald aufstehen würde. Sie musste nach Hause zurück.
Rosie hielt inne, als sie über das rostige alte Gatter kletterte, das auf die Straße zurückführte. Sie blieb oben auf dem Gatter sitzen und ließ den Blick über die grünbraune Landschaft schweifen. Ihre Mutter hatte gesagt, dass die Heide bald violett blühen und die Gegend dann noch schöner aussehen würde. Immer wieder redete ihre Mum davon, wie herrlich es hier war und dass die Luft hier viel sauberer war als in London. Doch Rosie konnte sich gar nicht erinnern in London die ganze Zeit Abgase gerochen zu haben. Stattdessen erinnerte sie sich an den sommerlichen Duft von frisch gemähtem Gras im Park.
Einen Moment lang war sie traurig und musste an den Park und ihre Freunde denken, mit denen sie dort gespielt hatte. Jetzt spielten sie ohne sie.
Plötzlich bemerkte sie etwas, das auf der anderen Straßenseite durchs hohe Gras schwirrte. Als Angus darauf zustürzte, dachte sie, er würde wieder einem Schmetterling nachjagen. Doch dann hörte sie ein lautes Kreischen und eine ängstliche Stimme, die um Hilfe rief.

Rosie sprang vom Gatter herunter und lief zu dem Kater hinüber. Erschrocken stöhnte sie auf – Angus hielt eine Fee im Maul! Zwar konnte Rosie ihre Flügel nicht sehen, dafür aber ihr langes goldblondes Haar und ihre zierlichen Arme und Beine, mit denen sie heftig zappelte.

Angus knurrte und presste das Maul noch fester zusammen, als die kleine Fee nach seinen Schnurrhaaren schnappte und daran zog. Rosie wusste, sie musste schnell etwas unternehmen, aber sie hatte einfach keine Idee. Dann fiel ihr wieder ein, wie Miss MacPhee am Tag zuvor den kleinen Vogel gerettet hatte.

Langsam schlich sie sich näher an Angus heran, gurrte dabei vor sich hin und säuselte ihm zu, was für ein schlauer Kater er doch sei. Angus beäugte sie misstrauisch, doch Rosie redete weiter mit schmeichelnder Stimme auf ihn ein. Angus konnte nur schwer widerstehen, wenn er so gelobt wurde, und fing an zu schnurren.

»Es ist bestimmt wahnsinnig schwierig, eine Fee zu fangen«, sagte Rosie und war jetzt so nah, dass sie vor Angus in die Hocke gehen konnte. Tatsächlich machte er einen äußerst stolzen Eindruck. »Darf ich sie mal sehen?«

Angus öffnete das Maul, um eine Antwort zu

miauen, so dass die Fee halb hinausflog, halb herauspurzelte.
»Geh weg, Angus!«, befahl Rosie, hob die Fee hoch und gab dem empörten Kater einen Schubs mit der Spitze ihres Gummistiefels.
Dann schaute sie auf das kleine Wesen in ihrer Hand hinunter und erkannte es sofort. »Schneeglöckchen!«, rief sie freudig.
»Ja, so heiße ich«, antwortete Schneeglöckchen und erholte sich allmählich wieder. Sie setzte sich auf Rosies Hand aufrecht hin und strich ihren weißen Blütenrock glatt.
Angus bedachte sie beide mit einem verächtlichen Blick und stolzierte hochmütig davon. Der Duft von gebratenem Speck, der aus Miss MacPhees offener Haustür herüberwehte, schien ihn auf einmal mehr zu interessieren.
»Hoffentlich verdirbst du dir mit dem ganzen fetten Essen den Magen, du widerlicher Kater!«, brüllte Schneeglöckchen ihm nach. Dann drehte sie sich um und schaute Rosie an. »Du bist das kleine Mädchen von neulich Nacht, stimmt's? Das mir die Praline hingelegt hat? Du musst es sein, weil du mein Armband trägst.« Plötzlich lächelte sie. Sie hatte rosa Wangen, ein winziges, spitzes Kinn und funkelnde blaue Augen. »Danke, dass du mich gerettet hast!«

»Gern … geschehen«, stammelte Rosie und war auf einmal sehr unsicher.
»Was ist los? Du siehst aus, als hättest du noch nie eine Fee gesehen!«, rief Schneeglöckchen grinsend.
»Nein, nein …«, erwiderte Rosie hastig. »Es ist bloß … ich kann einfach nicht glauben … dass ich tatsächlich eine in der Hand halte.«
Schneeglöckchen lachte. »Bestimmt fühlst du nicht mal, dass ich auf deiner Hand sitze, oder?«
»Na ja, du fühlst dich wirklich ganz schön leicht an.«
»Das kommt daher, dass Feen nichts wiegen«, erklärte Schneeglöckchen. Sie streckte die Flügel aus, um von Rosies Hand wegzufliegen, stieß dann jedoch einen entsetzten Schrei aus.
»Was ist?«, erkundigte sich Rosie. Dann bemerkte sie den großen Riss in einem von Schneeglöckchens Flügeln an der Stelle, wo Angus sie mit den Krallen gepackt hatte. »O nein! Kannst du ihn flicken?«, fragte sie besorgt.
Schneeglöckchen erklärte ihr, dass sie einen besonderen Breiumschlag brauchte, um ihren Flügel zu reparieren. Man musste dafür etwas Torfmoos im Moor sammeln, eine Prise Feenstaub hinzufügen und die Mischung auf den verletzten Flügel auftra-

gen. Dann würde er in wenigen Tagen heilen. »Aber mit so einem Flügel kann ich gar nicht bis zum Moor fliegen, um das Moos zu sammeln.«
»Ich kann es für dich sammeln«, bot Rosie an.
Schneeglöckchen warf ihr einen dankbaren Blick zu. »Wir müssen eine ganz besondere Sorte finden. Wenn du mich hinträgst, zeig ich sie dir. Ich muss mich aber nachher irgendwo ausruhen, während der Umschlag wirkt.« Sie zögerte. »Ob ich vielleicht in dem wunderschönen Feenbett in deinem Zimmer schlafen könnte, bis es mir wieder besser geht?«
»Feenbett?« Rosie hatte keine Ahnung, was sie meinte. Dann begriff sie. »Ach so, du meinst das Puppenbettchen?«, rief sie aufgeregt. »Natürlich darfst du darin schlafen. Du kannst so lange bleiben, wie du willst. Du musst nur aufpassen, dass meine Mum dich nicht sieht. Sie glaubt nicht an Feen und würde fürchterlich erschrecken.«
»Oh, sie wird mich nicht sehen können«, entgegnete Schneeglöckchen und winkte ab. »Manche Leute sind einfach nie in der richtigen Stimmung, um Feen zu sehen.«
»Wie meinst du das?«, fragte Rosie verwirrt.
»Um eine Fee zu Gesicht zu bekommen, muss man zur richtigen Zeit am richtigen Ort und in der rich-

tigen Stimmung sein«, erklärte Schneeglöckchen. »Und viele Menschen sind das einfach nie.«
Rosie verstand es immer noch nicht richtig. Aber jetzt war es ihr wichtiger, Schneeglöckchen schnell ins Moor und zurückzubringen, bevor ihre Mutter aufwachte und sich fragte, wo sie war.
»Am besten holen wir das Moos sofort. Und dann gehen wir nach Hause und frühstücken«, schlug sie vor.
»Prima«, antwortete Schneeglöckchen strahlend. »Ich sterbe vor Hunger! Du hast nicht zufällig noch welche von den leckeren Pralinen, oder?«
»Mal sehen«, lachte Rosie und machte sich auf den Weg zurück ins Moor, während ihre neue Freundin auf ihrer Schulter saß.

Kapitel 5

Rosie verbrachte den ganzen nächsten Tag mit Schneeglöckchen im Haus. Tags darauf war sie immer noch nicht nach draußen gegangen, so dass sich ihre Mutter allmählich Sorgen machte.

»Du verbringst ganz schön viel Zeit in deinem Zimmer, Rosie«, stellte Maggie fest, die beim Malen eine Pause eingelegt hatte und den Kopf durch die Tür steckte. »Was machst du hier bloß so lange?«

»Spielen«, erwiderte Rosie. Sie saß auf dem Boden neben dem Puppenbett, in dem Schneeglöckchen gerade ein Stück Kuchen aß. Rosie hatte am Morgen ein paar Törtchen gebacken, während ihre Mutter mit ihrer Malerei beschäftigt war, und hatte eines davon in ihr Zimmer gebracht, damit Schneeglöckchen es probieren konnte.

»Womit spielst du denn?«, fragte ihre Mutter und schaute ungläubig auf das Puppenbettchen, das in ihren Augen leer war.

»Siehst du das nicht?« Rosie wünschte sich so sehr, dass ihre Mum die Feen auch sehen konnte.
Ihre Mutter seufzte. »Ich sehe nur, dass du bei dem herrlichen Wetter ganz allein im Haus herumhockst. Und ich finde, du solltest mal raus an die frische Luft. Ich male jetzt noch eine Weile und dann fahren wir in die Stadt und gehen ein bisschen einkaufen.«
»Ich will aber nicht«, protestierte Rosie. »Ich möchte lieber hierbleiben!«
»Rosie …«, begann ihre Mutter, als wollte sie ihr eine Strafpredigt halten. Dann überlegte sie es sich anders. »Ich bin gleich fertig, ich verspreche es«, fuhr sie fort. »Und dann fahren wir los.«
»Natürlich ist sie nicht gleich fertig«, sagte Rosie brummig zu Schneeglöckchen, nachdem ihre Mutter wieder gegangen war. »Sie wird noch ewig weitermalen. Wahrscheinlich wird sie so beschäftigt sein, dass sie das mit dem Einkaufen ganz vergisst. Sie verbringt ihre Zeit nur noch mit ihrer Malerei.«
»Hat sie das früher auch schon gemacht?«, wollte Schneeglöckchen wissen.
Rosie nickte. »Mum sagt, als wir noch mit Dad zusammenwohnten, hat sie sich nur beim Malen richtig gut gefühlt. Sie haben sich ständig gestritten. Darum haben sie sich auch getrennt.«

»Und streiten sie jetzt immer noch?«, erkundigte sich Schneeglöckchen.
Rosie nickte wieder. »Sie können nicht mal miteinander telefonieren, ohne dass einer von beiden zu streiten anfängt.«
Schneeglöckchen machte ein nachdenkliches Gesicht. »Ich könnte das wieder in Ordnung bringen, wenn du willst.«
»In Ordnung bringen?« Rosie schaute sie ungläubig an. »Wie das denn?«
»Ich könnte deine Mutter mit etwas Feenstaub behandeln, damit sie wieder besser auf deinen Vater zu sprechen ist. Dann wird sie am Telefon nicht mehr so leicht wütend auf ihn.«
»Geht das wirklich?«
»Na klar.« Schneeglöckchen drehte sich um und schüttelte den Umschlag von ihrem verletzten Flügel ab. »Der müsste inzwischen wieder heil sein.« Sie breitete zur Probe beide Flügel aus, schoss dann senkrecht in die Luft und flog über dem Puppenbett auf der Stelle, bis sie sicher war, dass der gerissene Flügel ganz verheilt war. »Perfekt!«, rief sie grinsend und schwebte auf die Tür zu.
»Wo willst du hin?«, fragte Rosie.
»Eines der Törtchen, die du heute Morgen gebacken hast, mit Feenstaub bestreuen. Dann kannst du es zu

deiner Mutter in den Garten bringen. Wenn sie es isst, wird sie wieder für deinen Dad schwärmen und alles vergessen, was sie an ihm stört!«

»Aber …« Rosie wollte einwenden, dass sie gar nicht so sicher war, ob sie das für eine so gute Idee hielt, doch Schneeglöckchen war schon auf halbem Weg in die Küche.

Als Rosie sie eingeholt hatte, schwebte die Fee gerade über einem Törtchen mit gelbem Zuckerguss und einem Klecks Orangengelee obendrauf, rieb die Fingerspitzen aneinander und streute ein goldenes Pulver über den Zuckerguss.

»Wow!«, stieß Rosie hervor und betrachtete beeindruckt das glitzernde Törtchen. »Aber Mum merkt doch sicher, dass es komisch aussieht!«

»Nein, bestimmt nicht«, versicherte ihr Schneeglöckchen. »Wer keine Feen sieht, kann auch keinen Feenstaub sehen, keine Sorge. Bring es einfach zu ihr. Na los!«

»Es schadet ihr doch nicht, oder?«, fragte Rosie unsicher.

»Natürlich nicht! Sie wird nur schöne, angenehme Gedanken über deinen Vater haben.«

Also trug Rosie das Törtchen vorsichtig zu ihrer Mutter, die vor ihrer Staffelei im Garten saß und ein Bild von Thistle Cottage malte. »Ich hab dir eines

von meinen Törtchen zum Probieren gebracht«, erklärte sie.
»Oh, danke, Liebling. Sieht lecker aus!« Ihre Mutter nahm lächelnd das Törtchen entgegen. Sie legte ihren Pinsel hin, zog das geriffelte Papier an den Seiten ab und biss genüsslich in den Biskuitteig und den Zuckerguss. »Mmmh, köstlich!«, verkündete sie, nahm wieder ihren Pinsel zur Hand und arbeitete kauend weiter.
Rosie beobachtete sie eine Weile und ließ sie dann wieder allein.
Als ihre Mutter zehn Minuten später ins Haus kam, machte sie einen erhitzten Eindruck. Sie ging direkt zur Spüle in der Küche und goss sich ein Glas Wasser ein.
»Alles in Ordnung, Mum?«, erkundigte sich Rosie.
»Ich hab das Gefühl …«, stammelte ihre Mutter und machte ein verwirrtes Gesicht. »Ich hab das Gefühl, als …« Mit zittriger Hand setzte sie das Glas an die Lippen und nahm einen großen Schluck.
»Sie hat das Gefühl, als hätte sie sich neu in deinen Vater verliebt«, flüsterte Schneeglöckchen Rosie zu.
»Ich telefoniere nur mal kurz«, kündigte ihre Mutter an, »und dann fahren wir los, okay?«
Rosie nickte. Sie war so nervös, dass ihr allmählich

schlecht wurde. Wollte ihre Mutter ihren Vater anrufen? Was würde passieren, wenn ihre Eltern miteinander sprachen? Würde Mum Dad sagen, dass sie sich wieder neu in ihn verliebt hatte?

Das Telefon stand auf dem Tischchen im Flur. Es war so ein altmodischer Apparat, bei dem man den Finger in die Löcher stecken und für jede Ziffer die Wählscheibe einmal ganz herumdrehen musste. Ihre Mutter ging in den Flur und schloss die Tür hinter sich.

Rosie schlich sich heran und legte das Ohr an die Tür. Sie spürte, wie ihr ein Schauer über den Rücken lief, als sie ihre Mutter sagen hörte: »James? Ich bin's, Maggie.«

Rosie war so aufgeregt und nervös, dass sie vor Spannung, was ihre Mum als Nächstes sagen würde, kaum atmen konnte.

»Hör mal, James, ich rufe an, weil …« Ihre Mum musste plötzlich niesen. »Weil … na ja … weil ich auf einmal unbedingt deine Stimme hören musste.« Sie nieste erneut, lauter diesmal. »Was? Oh … aber sicher …« Sie nieste wieder, dreimal hintereinander.

»Das kommt bestimmt vom Feenstaub«, flüsterte Schneeglöckchen Rosie zu. »Manche Menschen reagieren etwas allergisch darauf.«

Es folgte ein langes Schweigen, das nur vom Niesen

ihrer Mutter unterbrochen wurde. Dann sagte sie spitz: »Nein, wenn das so wichtige Mandanten sind, kannst du natürlich nicht zu spät zum Termin kommen, aber …« Sie nieste erneut. Es folgte eine weitere Pause, in der ihre Mutter zuhörte. Dann redete sie weiter und klang jetzt richtig gereizt. »Ich dachte bloß, da heute Samstag ist … hatschi! … würdest du vielleicht nicht arbeiten, aber … hatschi! … wie dumm von mir! Hatschi! Ich hab ganz vergessen, dass du ja immer arbeitest. Was? Nein, ich hab mich nicht erkältet! Hatschi! Das muss von den Pollen kommen. Wir haben nämlich Pollen hier, weißt du, und keine stinkenden Autoabgase … hatschi!« Damit knallte sie den Hörer auf die Gabel.
Rosie schaute Schneeglöckchen entsetzt an, als sie hörten, wie ihre Mutter die Treppe hinaufrannte. »O nein, wir haben alles nur noch schlimmer gemacht. Jetzt ist Mum richtig wütend.«
»Oje!« Schneeglöckchen flatterte besorgt umher und grübelte eifrig darüber nach, wie sie Rosie trösten konnte. »Hey, hör zu! Übermorgen findet eine Feenparty auf der Insel im See statt. Soll ich fragen, ob du auch kommen darfst?«
Rosie schaute sie überrascht an und vergaß ihre Mutter fürs Erste. »Und all die anderen Feen kennenlernen, meinst du?«

Schneeglöckchen nickte. »Normalerweise möchte die Feenkönigin nicht, dass wir Menschen zu uns einladen. Aber wenn ich ihr erzähle, dass du mich gerettet hast, ist sie bestimmt einverstanden.«

»Oh Schneeglöckchen, glaubst du wirklich?«, seufzte Rosie.

Schneeglöckchen grinste. »Ich komme heute Nacht zurück und hinterlasse dir eine Nachricht auf dem Fenstersims. Wenn ich einen Heidezweig hinlege, lautet ihre Antwort Ja, und wenn ich einen Löwenzahn hinlege, lautet ihre Antwort Nein.«

Als Schneeglöckchen davonflog, drückte Rosie die Daumen und wünschte sich inständig, dass die Antwort Ja lauten möge.

Eine Feenparty! Sie konnte es kaum glauben. Doch bevor sie sich weiter darauf freuen konnte, fiel ihr wieder ein, wie aufgebracht ihre Mutter geklungen hatte. Zuerst musste sie nach oben gehen und versuchen sie aufzumuntern. Und zum hundertsten Mal wünschte sie sich, ihre Mutter könnte die Feen auch sehen.

Kapitel 6

Am nächsten Morgen lief Rosie sofort zum Fenstersims und stieß einen Jubelschrei aus: Ein violetter Heidezweig lag dort. Die Feenkönigin hatte Ja gesagt!

Die Feenparty sollte am nächsten Abend auf der Insel draußen im Loch Shee stattfinden. Rosie konnte es kaum erwarten. Sie wollte Schneeglöckchen so viele Fragen stellen – zum Beispiel wie sie auf die Insel kommen sollten und ob Schneeglöckchen sie abholen würde.

Den ganzen folgenden Tag hielt sie angestrengt nach ihrer neuen Freundin Ausschau, doch sie ließ sich nicht blicken. Rosie hatte ihr violettes Lieblingskleid für die Party ausgesucht. Am Abend lag sie wach im Bett und wartete darauf, dass ihre Mutter schlafen ging. Dann zog sie das violette Kleid an und wartete wieder. Was, wenn Schneeglöckchen sie vergessen hatte? Oder wenn sie ihre Meinung geändert hatte und sie doch nicht mitnehmen wollte?

Gegen Mitternacht war Rosie vollständig angezogen auf dem Bett eingeschlafen, wachte jedoch sofort auf, als sie etwas an der Nase pikste.

»Aufwachen, Schlafmütze! Zeit zu gehen!« Das war Schneeglöckchen, die sie mit der gezackten Spitze eines Zauberstabs berührte.

»Wow!«, rief Rosie und betrachtete staunend den Zauberstab, der am Ende sternförmig und vollständig mit Glitter bedeckt war. »Ist das ein echter Zauberstab?«

Schneeglöckchen warf einen flüchtigen Blick darauf. »Ach was, der ist bloß zur Zierde für die Party. Es ist unter Feen gerade in, einen Zauberstab zu haben – obwohl es ein bisschen lästig ist, ihn immer mit sich herumzutragen.«

Schneeglöckchen war zum Fenstersims zurückgeflogen und Rosie konnte sie im Mondschein genau erkennen. Sie trug heute nicht ihren üblichen Rock aus weißen Blütenblättern, sondern einen anderen aus mehreren Lagen von Blütenblättern in unterschiedlichen Blautönen. Das Oberteil hatte eine hellere blaue Farbe und passte genau zu ihren Augen. Winzige Gänseblümchen bildeten eine Art Rüsche an den Ärmeln. Das goldblonde Haar hatte sie zu einem eleganten Knoten hochgebunden und mit glitzernden Haarnadeln festgesteckt.

»Nur weil ich Schneeglöckchen heiße, muss ich ja nicht immer Weiß tragen«, erklärte die kleine Fee. »Obwohl die Feenkönigin meint, Weiß steht mir am besten.«

»Ich finde, Blau steht dir auch sehr gut«, erwiderte Rosie lächelnd. »Du siehst wunderschön aus!«

»Danke«, sagte Schneeglöckchen grinsend. »Du siehst auch sehr hübsch aus. Komm, wir müssen jetzt gehen. Die Party hat schon angefangen.« Sie schwebte die Treppe hinunter und wartete darauf, dass Rosie die Haustür öffnete. Dann flog sie ihr voraus auf den See zu.

Der Mond schien so hell, dass sie auf dem Weg zum Seeufer kein anderes Licht brauchten. Mit einiger Mühe konnte Rosie die winzige Insel mitten im Wasser erkennen. Ihre Mutter war zur Insel hinübergerudert, als sie sich Floras Boot ausgeliehen hatten. Doch es gab dort nichts außer den verfallenen Überresten einer kleinen Burg.

»Die Insel sieht genauso aus wie immer«, stellte Rosie fest und bemühte sich, nicht enttäuscht zu klingen. Aus irgendeinem Grund hatte sie erwartet, dass die Insel am Abend der Feenparty anders aussehen würde.

»Von hier aus schon«, stimmte ihr Schneeglöckchen zu. »Aber gleich nicht mehr. Steig ins Boot.«

Rosie erkannte Floras Boot, das ein paar Meter weiter am Ufer lag.
Sie kletterte hinein, schaute sich nach den Rudern um und fragte sich, wie das Boot vom Strand wegkommen sollte. Als ihre Mutter mit ihr gerudert war, hatte sie Gummistiefel getragen und das Boot angeschoben, während Rosie darin saß.
»Setz dich hin«, forderte Schneeglöckchen sie auf, flog hinter das Boot und schob es ohne erkennbare Anstrengung auf den See hinaus. Dann gesellte sie sich zu Rosie und zusammen blickten sie zur Insel hinüber, die noch immer einen verlassenen, wenig einladenden Eindruck machte.
Sie brauchten nicht zu rudern, denn das Boot bewegte sich von ganz allein vorwärts. Hinter ihnen entdeckte Rosie eine glitzernde goldene Spur im Wasser, die wie Feenstaub aussah.
Plötzlich war die Luft von einem lauten Quieken erfüllt und das ganze Boot war von Seehunden umgeben.
Anscheinend konnte sich Schneeglöckchen mit ihnen unterhalten. »Ja … ich weiß … Was? Oh … Das ist meine neue Freundin Rosie. Könnt ihr auf sie aufpassen, während ich vorausfliege und den anderen Bescheid sage, dass wir kommen?«
»Bitte, Schneeglöckchen, geh nicht weg …«, begann

Rosie, doch bevor sie sich fürchten konnte, weil sie ganz allein mitten auf dem See in einem Boot saß, merkte sie, dass sich vor ihr im Wasser etwas bewegte. Ein paar Delfine kamen auf sie zu und bald waren sie genau neben dem Boot. Sie sprangen aus dem Wasser heraus und platschend wieder hinein, schwammen unter dem Boot entlang und tauchten auf der anderen Seite wieder auf. Rosie war so aufgeregt, die Delfine aus der Nähe zu sehen, dass sie beinahe nicht merkte, wie Schneeglöckchen zurückkam und vor ihr in der Luft schwebte.

»Ich hab ganz vergessen dir etwas zu sagen«, keuchte sie. »Um die Insel zum Leben zu erwecken, musst du ins Wasser schauen. Dann siehst du ein magisches Spiegelbild, das dich hinführen wird.«

»Was für ein Spiegelbild?«, rief Rosie zurück, aber Schneeglöckchen war bereits davongeflogen.

Inzwischen war Rosie der Insel schon viel näher gekommen, doch sie sah immer noch dunkel und unheimlich aus. Was für ein Spiegelbild hatte Schneeglöckchen gemeint? Rosie schaute ins Wasser, konnte aber nichts darin sehen. Als sie die Hoffnung gerade aufgeben wollte, bemerkte sie plötzlich ein paar funkelnde Lichter. Sie starrte darauf. Je länger sie hinschaute, desto mehr Lichter schienen hinzuzukommen und auf einmal erkannte sie, dass sie

zusammen die Umrisse einer umgedrehten Burg bildeten, die im Wasser glitzerte.
Es steht auf dem Kopf, weil es ein Spiegelbild ist, dachte Rosie. Aber wie kann sich etwas spiegeln, das gar nicht da ist?
Um sicherzugehen, schaute sie wieder zur Insel hinauf, und diesmal war sie so überrascht, dass sie einen leisen Schrei ausstieß.
Mitten auf der Insel stand eine wunderschöne Burg, die aus einem Märchenbuch zu stammen schien. Sie hatte glatte, silbrig glänzende Wände und zwei runde Türmchen mit spitzen Dächern und winzigen Fenstern. Alles war mit bunten Lichterketten verziert und in jedem Fenster hingen rosafarbene und goldene Lampions.
Vor der Burg erstreckte sich ein riesiger Hof, auf dem Feen und Winzlinge in einem Ring aus Laternen zu schwungvoller schottischer Fiedelmusik tanzten.
Schneeglöckchen wartete am Ende eines schmalen Holzstegs auf Rosie. »Na, überrascht?«, rief sie ihr entgegen. Die freundlichen Seehunde stießen das Boot leicht an, so dass es den Steg erreichte, und schwammen dann wieder zu den Delfinen hinaus, die weiter draußen im See geblieben waren.
»Ist das alles … echt?«, stammelte Rosie und be-

trachtete ungläubig den Steg und die Burg dahinter. Sie hatte das Gefühl, als könnte sich beides jeden Moment in Luft auflösen.
»Natürlich ist es echt«, bestätigte Schneeglöckchen. »Sonst könntest du es wohl kaum sehen ... oder darauf stehen!« Sie lachte, als Rosie nervös auf den knarrenden Steg kletterte. »Und was immer du tust, frag bloß nie, ob du das alles vielleicht nur träumst! Es ist so langweilig, wenn Menschen das fragen.«
Rosie versprach, dass sie das nicht fragen würde, und folgte Schneeglöckchen über den Steg in Richtung der Party. Trotzdem zwickte sie sich schnell, als Schneeglöckchen gerade nicht hinschaute, nur für alle Fälle.

Was als Nächstes passierte, hatte Rosie nicht erwartet. Sobald sie und Schneeglöckchen den Rand des Hofes erreicht hatten, auf dem die anderen Feen tanzten, verstummte die Musik und alle drehten sich zu ihr um.
Rosie merkte, wie sie dunkelrot anlief.
»Sie sind bloß neugierig, das ist alles«, beruhigte Schneeglöckchen sie. »Komm, ich bring dich zur Feenkönigin.«
Rosie kam sich wie ein großer, tollpatschiger Riese vor, als sie hinter Schneeglöckchen den Hof betrat.

Einige Feen lächelten sie an und die meisten flüsterten sich etwas zu, als sie vorbeiging. Einer der Winzlinge lüftete seine Mütze und zwinkerte ihr zu.

Schneeglöckchen führte sie mitten durch die Menge. Rosie staunte über die hübschen Blumenkleider der Feen und die schicken schottischen Trachten der Winzlinge. Am anderen Ende des Hofes saß eine wunderschöne Fee auf einem Baumstumpf, der mit goldenen Rosenblättern bestreut war. Sie trug einen Rock aus Blütenblättern in einem leuchtenden Rosa und darunter einen cremefarbenen Seidenunterrock. Das Oberteil bestand aus gewebtem Lavendel. Ihre großen Flügel waren hinter ihr ausgebreitet und glitzerten im Mondschein. Auf ihrem welligen goldenen Haar saß eine violette Blumenkrone. Ihre sanften blauen Augen lächelten Rosie liebenswürdig an, als sie sich an sie wandte und sagte: »Willkommen auf unserem Fest. Und danke, dass du Schneeglöckchen gerettet und ihr geholfen hast, bis ihr Flügel geheilt war.«

»Keine Ursache«, erwiderte Rosie schüchtern. »Ich freue mich sehr, Euch kennenlernen zu dürfen, Euer Hoheit.«

Die Feenkönigin schenkte ihr noch ein bezauberndes Lächeln. »Ich freue mich auch, dich kennenzu-

lernen. Nun geh und genieße die Party. Schneeglöckchen wird sich um dich kümmern.«
Und das tat sie auch. Sie führte Rosie zu einem schönen, glatten Baumstumpf an der Hofmauer, wo sie sich hinsetzen und das Feenfest bequem überblicken konnte. Dann holte sie ihr einen fingerhutgroßen Becher mit sprudelndem Tau zu trinken, der süß schmeckte und sich in Rosies Bauch herrlich warm anfühlte. Es gab auch etwas zu essen. Schneeglöckchen brachte ihr einen Teller, der so groß war wie die Teller ihres Puppenservice zu Hause. Darauf waren winzige, mit köstlichen Kräutern gefüllte Pilze, Plätzchen aus Pinienkernen, klitzekleine Feenkuchen mit Zuckerguss im Schottenmuster und honigüberzogene wilde Beeren. Rosie schaute aufgeregt zu, wie die Winzlinge auf ihren Fiedeln spielten und die Feen in Gruppen tanzten. Die meisten Feen hielten ihren Zauberstab nicht mehr in der Hand und Rosie sah einige Stäbe in einem Haufen auf der Erde liegen. Einige Feen tanzten darum herum.
Schneeglöckchen hatte ihren Zauberstab noch bei sich und schwenkte ihn im Takt der Musik, während sie neben Rosie saß und ihr Gesellschaft leistete.
Ein Winzling kam zu ihnen und verbeugte sich leicht vor ihnen beiden. Er trug eine knallrote Mütze mit einer Quaste in der Mitte und stellte sich als Hughie

vom MacDonald-Clan vor. Dann fragte er Schneeglöckchen, ob er ihren Zauberstab für sie tragen dürfe. Schneeglöckchen zwinkerte Rosie verschmitzt zu, als sie sich mit Hughie zu einem kleinen Spaziergang im Garten aufmachte.

Sie waren noch nicht lange fort, als jemand Rosie unsanft von hinten auf die Schulter tippte. Sie drehte sich um und erkannte den Winzling, den sie in ihrer ersten Nacht in Thistle Cottage gesehen hatte. Er schwirrte um sie herum und musterte sie eingehend, als wäre sie eine riesige Statue und kein lebendiges Wesen.

»Du bist also das Mädchen, das neuerdings in meinem Häuschen wohnt?«, fragte er schließlich und flatterte so dicht vor ihrem Gesicht herum, dass sie blinzeln musste. »Ich bin Cammie MacPherson, falls es dich interessiert.«

»Ich heiße Rosie MacLeod«, erwiderte Rosie und wünschte sich insgeheim, Schneeglöckchen würde schnell zurückkommen. »Außerdem dachte ich, das Häuschen würde Miss MacPhee gehören.«

»Die alte Flora weiß ganz genau, dass ich meine Ansprüche auf dieses Haus schon vor langer Zeit angemeldet habe«, wandte Cammie unwirsch ein. »Und sie weiß, dass ich es auf keinen Fall mit einem ihrer Urlauber teilen möchte.«

»Ich bin kein Urlauber«, verteidigte sich Rosie. »Und meine Mum auch nicht. Wir wohnen jetzt richtig hier.«
Cammie starrte sie entsetzt an. »Richtig? Soll das heißen, ihr fahrt nach dem Sommer nicht wieder weg?«
Rosie schüttelte den Kopf. »Mum sagt, wir werden Thistle Cottage für ein ganzes Jahr mieten, bis wir uns auf der Insel eingelebt haben. Dann denken wir vielleicht darüber nach, uns ein eigenes Haus zu kaufen. Vielleicht verkauft uns Miss MacPhee ja das Cottage, wenn es uns dort gut gefällt.«
Cammie stieß einen wütenden Schrei aus. »Dann hab ich ja gar kein Zuhause mehr! Das ist einfach ungerecht!«
»Warum lebst du nicht bei den anderen Feen im Wald?«, fragte Rosie verwirrt.
Cammie erstickte fast vor Zorn. »Ich möchte entschieden darauf hinweisen, dass ich keine Fee bin! Ich bin ein Winzling vom MacPherson-Clan, merk dir das gefälligst!«
»Winzlinge sind nicht ganz dasselbe wie Feen, Rosie«, erklärte plötzlich eine besänftigende Feenstimme hinter ihr. »Auch wenn sie Feenflügel haben wie wir.«
»Wir haben keine Feenflügel!«, protestierte Cammie

erbost. »Ihr Feen habt Winzlingsflügel!« Er wirbelte herum und stöhnte erschrocken auf, als sich die Fee hinter ihm als die Königin selbst entpuppte. »Oh, Euer Hoheit … äh, ich meine, Euer Majestät … ich wusste ja nicht …«

Die Königin beachtete ihn gar nicht und redete weiter mit Rosie. »Weißt du, Rosie, viele Winzlinge leben in Häusern, in denen die Chance groß ist, nicht entdeckt zu werden: in leer stehenden Ferienhäuschen oder großen Villen, wo bestimmte Zimmer nur selten genutzt werden. Oder in Häusern, wo alte Leute wohnen, die nicht mehr gut sehen. Auf der anderen Seite des Sees lebt eine blinde Frau, ohne es zu wissen, mit sechs Winzlingen zusammen. Sie helfen ihr bei allen möglichen Dingen, und auch davon weiß sie nichts. Zum Beispiel spülen sie für sie Geschirr oder heben Sachen auf, die sie fallen lässt.«

»Aber ich dachte, die meisten Leute können sowieso keine Feen sehen«, wandte Rosie ein.

»Es ist ganz erstaunlich, wie viele Urlauber uns nicht sehen, auch wenn wir direkt vor ihnen stehen, das stimmt. Aber von den Inselbewohnern können uns schon ein paar sehen«, erwiderte die Feenkönigin. »Es liegt ihnen im Blut, das kleine Volk wahrzunehmen. Aber manche von ihnen mögen uns nicht besonders und vor denen müssen wir uns verstecken.« Sie blickte sich um. »Wo steckt denn Schneeglöckchen? Ich hatte ihr doch gesagt, sie soll sich um dich kümmern.«

»Das tut sie auch«, antwortete Rosie schnell, weil sie nicht wollte, dass Schneeglöckchen Schwierigkeiten bekam. »Sie ist bloß kurz mit einem Winzling spazieren gegangen.«

In diesem Moment kam genau dieser Winzling auf sie zugeflogen und hielt dabei etwas Großes in den Armen. Als er näher kam, erkannten sie, dass es Schneeglöckchen war.

»Was ist denn passiert, Hughie?«, wollte die Feenkönigin wissen und machte ein besorgtes Gesicht.

»Sie hat auf einmal gesagt, ihr sei schwindelig, und dann ist sie in Ohnmacht gefallen«, berichtete Hughie. »Inzwischen ist sie wieder zu sich gekommen, aber sie ist immer noch sehr schwach.«

»Leg sie da drüben hin und hol sofort etwas Torfmoos«, befahl die Königin. »Schneeglöckchen, bitte versuch mir genau zu beschreiben, was geschehen ist.«

Schneeglöckchen murmelte etwas, das Rosie nicht verstand, doch die Feenkönigin wurde ganz blass. »Wir müssen sie schnellstens nach Hause schaffen«, erklärte sie. »Cammie, ich möchte, dass du Rosie mit dem Boot über den See bringst und sie bis an ihre Haustür begleitest. Ich kümmere mich um Schneeglöckchen.«

»Aber was hat sie denn?«, fragte Rosie und hatte auf einmal große Angst um sie. »Ist sie krank?«

»Hoffentlich nicht«, entgegnete die Königin. Inzwischen hatten sich die übrigen Feen um sie herum versammelt, schauten erschrocken zu und tuschelten untereinander. »Schnell jetzt. Keine weiteren Fragen. Hughie, kannst du sie für mich tragen?«

»Selbstverständlich«, antwortete Hughie und so flogen sie mit Schneeglöckchen davon, während ihnen alle anderen Feen folgten.

»Weißt du, was mit Schneeglöckchen nicht stimmt, Cammie?«, fragte Rosie, als sie auf dem Rückweg über den See zu zweit im Boot saßen. Sie hielt nach den Delfinen und Seehunden Ausschau, die sie auf dem Hinweg begleitet hatten, doch sie waren nirgendwo zu sehen.

Cammie schüttelte schnell den Kopf und wich Rosies Blick aus. Er starrte finster vor sich hin und hatte kein Wort gesprochen, seit sie die Insel verlassen hatten.

Rosie war überzeugt, dass er es wusste und ihr bloß nichts verraten wollte.

Als sie das Ufer erreichten, schaute sich Rosie zum

letzten Mal nach der erleuchteten Burg mit den bunten Lichterketten um, doch sie war bereits verschwunden. Nur die dunklen Umrisse der Insel in der Mitte des Sees waren noch zu sehen. Die Insel wirkte vollkommen verlassen.

Kapitel 7

Am nächsten Morgen war Rosie so müde, dass sie kaum den Toast und die Cornflakes essen konnte, die ihre Mutter ihr gebracht hatte.

»Hast du nicht gut geschlafen?«, fragte ihre Mum und wuschelte ihr durchs Haar, als sie sich an den Tisch setzte.

Rosie wollte sich schon eine Antwort ausdenken, überlegte es sich dann aber anders. Wie sollte ihre Mutter denn an die Feen glauben, wenn sie ihr nie von ihnen erzählte?

»Ich war gestern Abend auf einer Feenparty auf der Insel im See«, erzählte sie hastig. »Es war ganz toll, Mum! Du kennst doch die verfallene Burg? Sie war gar nicht mehr verfallen, sondern wunderschön und von ganz vielen Lichterketten und Laternen beleuchtet. Alle Feen haben getanzt und ich konnte nicht mitmachen, weil ich zu groß war, aber ich habe zugeschaut. Ich habe ganz viele Seehunde gesehen … und sogar Delfine. Und ich habe die Feenkönigin kennengelernt. Nur dass es Schneeglöckchen am Ende schwindelig wurde und sie in Ohnmacht fiel, das war nicht so schön.«

»Tatsächlich?«, fragte ihre Mutter stirnrunzelnd. »Zu viel getanzt, nehme ich an.«

»Nein, es war etwas viel Schlimmeres. Die Feenkönigin war ernsthaft besorgt.« Rosie machte ein trübsinniges Gesicht. »Hoffentlich geht es Schneeglöckchen wieder gut.«

»Rosie, hör mir mal zu.« Ihre Mutter stellte die Kaffeetasse ab und nahm über den Tisch hinweg Rosies Hand. »Ich mache mir langsam Sorgen um dich.«

Rosie schaute sie verständnislos an. »Um mich? Wieso das denn?«

Ihre Mum seufzte. »Weil ich immer wieder höre, wie du in deinem Zimmer mit jemandem sprichst, obwohl niemand da ist. Und weil du in letzter Zeit wieder mit den Sachen spielst, mit denen du als kleines Kind gespielt hast – zum Beispiel mit dem Puppenbett.« Sie zögerte. »Rosie, ich weiß, dass du es nicht leicht hast, seit Dad und ich uns getrennt haben. Und dass dir der Umzug hierher schwergefallen ist, weil du hier noch keine Freunde hast und so viel allein sein musst. Aber das wird sich alles ändern, wenn du nach den Ferien in die Schule gehst und andere Kinder in deinem Alter kennenlernst, mit denen du spielen kannst. Ich glaube, du spielst nur deshalb wieder mit deinen alten Spielsachen und denkst dir irgendwelche Freunde aus, weil du dich im Moment so einsam fühlst. Du hattest solche Fantasiefreunde schon mal, als du klein warst, weißt du noch?«

Rosie machte ein finsteres Gesicht. »Bei Schneeglöckchen ist das anders. Ich hab sie mir nicht ausgedacht. Es gibt sie wirklich, Mum. Und auch die Winzlinge und die Feenkönigin und all die anderen Feen.«

»Hör zu, Rosie«, entgegnete ihre Mutter entschieden. »Es ist ganz natürlich, sich in eine Scheinwelt flüchten zu wollen, wenn im wahren Leben etwas schiefläuft. Ich mach das mit meiner Malerei ja auch ein bisschen. Aber du bist jetzt neun Jahre alt und da ist es wichtig einzusehen, dass die ausgedachte Welt in deinem Kopf nichts anderes ist als das – eine Fantasiewelt, in die du dich zurückziehen kannst, wenn es im wirklichen Leben Probleme gibt. Verstehst du?«

»Aber ich hab sie mir nicht ausgedacht, Mum!«, protestierte Rosie. »Es gibt sie wirklich! Frag doch die alte Flora, wenn du mir nicht glaubst!«

»Die alte Flora? Du meinst wohl Miss MacPhee!«

»Die Feen nennen sie alte Flora und es macht ihr

nichts aus. Sie kann die Feen auch sehen, nur du nicht!« Rosie ließ ihr Frühstück stehen und lief aus dem Haus. Es hatte keinen Zweck. Ihre Mum würde ihr niemals glauben, dass sie die Wahrheit sagte!

Als ihre Mutter die Haustür öffnete und nach Rosie rief, versteckte sie sich schnell hinter der seitlichen Hauswand. Dort blieb sie, bis ihre Mum wieder ins Haus gegangen war. Nachdem Rosie den Garten eilig nach einer Spur von Feen abgesucht hatte, ging sie zum Haus zurück und bemerkte dabei, dass die Tür nicht richtig geschlossen war. Sie hörte die Stimme ihrer Mutter, die im Flur telefonierte.
»James, ich mache mir wirklich Sorgen um sie!«, sagte sie gerade.
Rosie blieb wie angewurzelt stehen. Mum redete mit ihrem Dad!
»Sie scheint ernsthaft alles zu glauben, was sie sagt. Es ist, als hätte sie sich in eine Art Scheinwelt zurückgezogen, in der sie sich vor allen abschottet …« Ihre Mutter verstummte und hörte eine Weile zu. »Ja, aber, James … weißt du noch, wie du immer dieses Spiel mit ihr gespielt hast, als sie vier oder fünf war … Du hast so getan, als würde da ein Winzling in der Ecke wohnen, und hast mit dieser komischen

Piepsstimme gesprochen, damit er mit ihr redet. Erinnerst du dich? Und jetzt redet sie davon, dass sie hier Winzlinge sieht. Und dazu kommt noch, dass die alte Dame von nebenan völlig plemplem ist und Rosie zusätzlich lauter Feenkram erzählt.«
Rosie spitzte überrascht die Ohren. Sie konnte sich gar nicht erinnern, dass ihr Vater sich Geschichten über Winzlinge ausgedacht hatte, als sie noch klein war. Und Miss MacPhee war nicht plemplem! Trotzdem fand sie es interessant, dass ihre Eltern tatsächlich miteinander reden konnten, ohne sich zu streiten.

Rosie sehnte sich danach, Schneeglöckchen wiederzusehen, doch den ganzen restlichen Tag und auch am Tag darauf tauchte sie nicht auf. Aus lauter Verzweiflung legte Rosie am zweiten Abend eine Praline auf das Fenstersims, doch als sie am nächsten Morgen aufwachte, war die Praline noch da. Wo konnte Schneeglöckchen nur sein? Rosie konnte sich einfach nicht vorstellen, dass sie so krank war. Schließlich konnten ihr die Feen doch ganz leicht mit einer Mischung aus Torfmoos und Feenstaub helfen, oder?
Rosie beschloss ihr eine Nachricht am Rand des Feenwalds zu hinterlassen. Eine der Feen würde sie

bestimmt finden und ihr überbringen. Also nahm sie nach dem Frühstück die große, herzförmige Praline mit dem violetten Silberpapier aus der Schachtel. Sie hatte sie bis zum Schluss aufgehoben, weil sie diese Sorte am liebsten mochte. Dann schrieb sie in Schönschrift auf einen Zettel:

BITTE KOMM MICH BALD BESUCHEN.
ALLES LIEBE, ROSIE

Sie wickelte den Zettel mit der beschriebenen Seite nach innen um die Praline und schrieb in Druckbuchstaben auf die Außenseite:

FÜR SCHNEEGLÖCKCHEN

Am Waldrand fand Rosie ohne Schwierigkeiten den Baumstumpf wieder, an dessen Fuß ringsherum die Blümchen wuchsen. Sie legte die Praline für Schneeglöckchen auf den Baumstumpf und hielt nach den Feen Ausschau, konnte jedoch keine einzige entdecken. Trotzdem würde Schneeglöckchen ihre Nachricht sicher früher oder später bekommen und dann würde sie Rosie ganz bestimmt besuchen.

Als das Häuschen am Abend im Dunkeln lag und

Rosie kurz vor dem Einschlafen war, hörte sie ein leises Klopfen am Fenster. Sie hatte es offen stehen lassen, daher wunderte sie sich nicht, als eine kleine Gestalt hereinflog und sich am Fußende ihres Bettes niederließ. »Schneeglöckchen!«, rief sie freudig aus. Doch es war nicht Schneeglöckchen, sondern Cammie.

»Schneeglöckchen hat mich gebeten dir für die Praline zu danken«, sagte er.

Rosie knipste die Nachttischlampe an. »Heißt das, es geht ihr immer noch schlecht?«

»Ja …« Cammie flog zu ihr hinüber, stellte sich auf das Nachttischchen und schaute sie ernst an. »Rosie, ich muss dir leider sagen, dass du Schneeglöckchen nicht wiedersehen wirst. Sie ist wirklich sehr, sehr krank.«

Rosie bekam plötzlich Herzklopfen. »Wie meinst du das? Ich sehe sie doch, wenn es ihr wieder besser geht, oder?«

Cammie senkte den Blick. »Weißt du, es gibt eine einzige Feenkrankheit, die wirklich sehr schlimm ist. Wir nennen sie die Schwindekrankheit.« Er wischte sich mit einem seiner spitzenbesetzten Ärmel über die Augen und murmelte: »Es ist schrecklich … absolut schrecklich …«

»Aber was ist denn die Schwindekrankheit?«

Cammie zog die Schultern hoch. »Das darf ich dir nicht sagen.«
»Aber wenn du es mir sagst, kann ich vielleicht helfen!«
Cammie schüttelte den Kopf. »Um dir die Schwindekrankheit zu erklären, müsste ich dir verraten, wie eine Fee geboren wird, und wenn die Menschen wüssten, woher Feen kommen …« Er verstummte und schien sich sehr unbehaglich zu fühlen.
Rosie fielen sofort eine Reihe weiterer Fragen ein, doch in diesem Augenblick klopfte es an der Zimmertür. »Rosie, mit wem redest du da drinnen?«
»Du solltest lieber verschwinden«, flüsterte sie Cammie zu, als sie bemerkte, dass sich der Türknauf drehte.
Rosies Mum betrat in dem Moment das Zimmer, als Cammie zum Fenster hinausflog. »Alles in Ordnung, Rosie?«
»Ja, Mum«, antwortete Rosie und schaltete schnell das Licht aus.
Ihre Mutter erwiderte noch etwas, aber Rosie hörte sie kaum. Sie konnte nur noch an Schneeglöckchen denken.

Kapitel 8

Als Rosie am nächsten Tag zu Flora hinüberging, saß die alte Dame draußen vor der Tür und hielt Angus auf dem Schoß. Sie redete leise mit ihm und streichelte ihm die Ohren, so dass er laut schnurrte.

»Miss MacPhee, ich wollte Sie was fragen«, begann Rosie und dachte sich, dass sie am meisten von Flora erfahren würde, wenn sie gleich zur Sache käme.

»Ja? Irgendwas über Feen, stimmt's?«, antwortete Flora augenzwinkernd.

»Miss MacPhee, haben Sie schon mal von der Schwindekrankheit gehört? Die Feen können sie bekommen.«

Flora runzelte die Stirn. »Ja, ich hab davon gehört. Vor vielen Jahren besuchte mich immer eine bezaubernde kleine Fee, die Mimose hieß. Eines Tages kam sie nicht mehr. Als Nächstes hörte ich, dass sie die Schwindekrankheit hatte. Soweit ich weiß, sterben Feen nur an dieser Krankheit.«

»O nein.« Rosie spürte, wie ihre Lippe zu zittern begann. »Es ist bloß … Schneeglöckchen … hat sie …«, flüsterte sie. Dann brach sie in Tränen aus.

Miss MacPhee forderte Rosie auf, sich neben sie auf die Bank zu setzen, und versuchte sie zu trösten: Sie erzählte ihr, dass sie von einer Fee gehört habe, die sich von der Schwindekrankheit wieder erholt hatte. Das machte Rosie etwas Mut, und sie nahm sich fest vor, Schneeglöckchen nicht aufzugeben.

Den Rest des Tages versuchte sie, sich, so gut es ging, abzulenken und sich nicht allzu viele Sorgen zu machen. Am Abend setzte sie sich bei offenem Fenster und eingeschaltetem Licht aufrecht ins Bett, damit Cammie merkte, dass sie noch wach war und mit ihm reden wollte, falls er in der Nähe war.

Sie brauchte nicht lange zu warten. Kurz nachdem sie ins Bett gegangen war, flog Cammie zum Fenster herein. »Die Feenkönigin möchte dich sehen«, verkündete er. »Sie erwartet dich draußen im Garten, wenn deine Mutter schlafen gegangen ist.«

»Ist Schneeglöckchen …?« Rosie hatte schreckliche Angst, dass Schneeglöckchen vielleicht schon gestorben war. Warum sonst sollte die Königin persönlich mit ihr sprechen wollen?

»Die Feenkönigin erwartet dich im Garten«, wiederholte Cammie mit fester Stimme und flog davon, bevor Rosie ihm weitere Fragen stellen konnte.

Rosie kam es so vor, als müsste sie eine Ewigkeit warten, bis der Lichtschein unter der Zimmertür ihrer Mutter erlosch.
Danach wartete sie noch eine Weile länger, bis ihre Mutter ganz bestimmt eingeschlafen war, und schlich auf Zehenspitzen nach unten. Sie fürchtete sich vor der Nachricht, die sie gleich hören würde.
Sie trat in den Garten hinaus und entdeckte die Feenkönigin sofort. Ihre Flügel schimmerten im Mondschein, als sie zu der steinernen Futterstelle für Vögel auf dem Rasen hinüberschwebte.
»Wie geht es Schneeglöckchen?«, stammelte Rosie und hatte Angst, dass sie die Antwort bereits kannte.
Doch zu ihrer großen Erleichterung antwortete die Feenkönigin: »Sie schläft jetzt. Sie braucht so viel Schlaf wie möglich, um ihre Kräfte zu schonen.«
»Ich weiß, was die Schwindekrankheit bedeutet«, sagte Rosie hastig. »Flora hat es mir erklärt.«
Die Feenkönigin nickte. »Dann weißt du auch, wie ernst die Lage ist. Deshalb möchte ich dich um deine Hilfe bitten. Ich habe mit allen anderen Feen darüber gesprochen und wir sind uns einig. Du hast Schneeglöckchen schon einmal geholfen, daher dachten wir, dass du ihr vielleicht auch diesmal helfen könntest.« Sie schaute Rosie durchdringend an und

ihre wunderschönen blauen Augen hatten einen sehr ernsten Ausdruck. »Weißt du, niemals hat ein Mensch je von einer Fee erfahren, was ich dir jetzt sagen werde. Nicht einmal Flora weiß davon, obwohl sie mehr über uns weiß als alle anderen Leute auf der Insel. Ich werde dir das größte Feengeheimnis überhaupt verraten, Rosie. Aber du musst mir versprechen, dass du niemals jemandem davon erzählen wirst.«

»Ich verspreche es«, murmelte Rosie, hielt den Atem an und wartete gespannt darauf, was als Nächstes kam.

»Feen entstehen nicht einfach so aus dem Nichts«, begann die Feenkönigin. »Wenn eine Fee zum Leben erweckt wird, gibt es einen besonderen Grund dafür, der mit den Menschen zu tun hat.« Sie senkte die Stimme und sprach im Flüsterton weiter. »Die meisten Menschen wissen es nicht, aber wenn ein Menschenkind stirbt, verschwindet es nicht einfach so. Wann immer ein kleines Mädchen oder ein kleiner Junge irgendwo auf der Welt stirbt, bleibt ein Bündel Glück übrig. Dieses Glück ist für Menschen unsichtbar, aber eine weiße Taube kommt und holt es. Sie bringt das Bündel zum nächsten Feenkinderheim und setzt es in einem Feenbettchen ab. Dann kümmern sich unsere Feenkinderschwestern darum, bis sich das Bündel Glück in eine neugeborene Fee verwandelt.«

»Wow!«, staunte Rosie. Einen Augenblick lang war sie völlig überwältigt. »Soll das heißen … eine neue Fee wird immer dann geboren … wenn ein Kind stirbt?«

Die Feenkönigin nickte. »Du musst wissen, dass beim Tod eines Kindes sehr viel Lebensenergie übrig bleibt – all die Energie, die erst im Laufe seines Lebens aufgebraucht werden sollte. Und aus dieser Energie entsteht die Fee.«

Rosie schwieg eine Weile, schaute zu den Sternen hinauf und dann wieder zu der Feenkönigin, die sie lächelnd beobachtete.

»Die weißen Tauben, die uns die Glücksbündel bringen, sind die einzige wirkliche Verbindung zwischen Menschen und Feen«, fuhr die Königin fort. »Nur sie wissen, welche Fee aus welchem Kind entstanden ist. Sie können es uns aber nicht verraten, denn wenn eine Fee erfährt, welches ihr Kind ist, zerbricht der Zauber und die Fee verschwindet für immer. Deshalb erzählen die Tauben den Feen niemals, woher die Bündel kommen … Und deshalb können wir einer Fee auch nicht helfen, wenn sie die Schwindekrankheit bekommt.«

»Das verstehe ich nicht«, sagte Rosie, die jetzt nicht mehr mitkam. »Worin besteht die Schwindekrankheit denn genau? Ich meine, ich weiß zwar, dass eine Fee daran sterben kann, aber was ist die Ursache dafür?«

»Eine Fee kann ein sehr langes Leben haben«, erklärte die Feenkönigin. »Solange die Menschen das Kind, aus dem die Fee entstanden ist, in Erinnerung behalten. Wenn das Kind aber vergessen wird, bekommt die Fee die Schwindekrankheit und stirbt.«

Die Feenkönigin zögerte.

»Derjenige, der sich an das Kind erinnert, muss es nicht selbst gekannt haben. Es reicht aus, wenn ihm jemand anders von dem Kind erzählt hat. Manche Feen leben Hunderte von Jahren, weil bestimmte Familien die Erinnerung an ihre Angehörigen von einer Generation zur anderen weitergeben.«

»Das heißt also, dass Schneeglöckchen deshalb krank ist, weil sich niemand mehr an ihr Kind erinnert?«, stieß Rosie hervor.

Die Feenkönigin nickte. »So ist es. Und wenn du uns hilfst das zu ändern, können wir Schneeglöckchen vielleicht retten.«

Rosie war noch immer verwirrt. »Aber wie kann ich helfen, wenn wir nicht einmal wissen, aus welchem Kind Schneeglöckchen entstanden ist? Wenn die Tauben es uns nicht verraten, können wir es doch nie herausfinden, oder?«

»Die Tauben verraten es uns Feen nicht«, antwortete die Feenkönigin ernst. »Das heißt aber nicht, dass sie es dir nicht verraten können.«

Rosie starrte sie ungläubig an.

Die Feenkönigin erwiderte ihren Blick. »Verstehst du jetzt, warum ich dir das alles erzähle, Rosie? Morgen Mittag wird ein neues Bündel Glück zu uns gebracht. Wenn du um die Zeit in den Wald kommst, kannst du vielleicht mit der Taube sprechen, die es bringt.«

Rosie nickte bedächtig. Natürlich würde sie alles tun, um Schneeglöckchen zu helfen. »Aber wie soll ich einen Vogel dazu bringen, sich mit mir zu unterhalten?«, fragte sie stirnrunzelnd.

»Oh, darüber brauchst du dir keine Sorgen zu machen«, antwortete die Feenkönigin. »Sprich einfach mit ihr und sie wird dich verstehen. Dies sind keine gewöhnlichen Tauben. Sie leben hundert Jahre oder länger und jedes Feendorf wird nur von wenigen Tauben versorgt. Die Taube, die morgen kommt, erinnert sich bestimmt daran, wer Schneeglöckchens Kind war. Wenn du sie danach fragst, wird sie eine Möglichkeit finden, es dir zu sagen.«

»Aber selbst wenn ich es herausfinde – was passiert dann als Nächstes?«, wollte Rosie wissen.

»Das ist der einfache Teil«, erwiderte die Feenköni-

gin und ihre Miene hellte sich auf. »Du brauchst nur so viele Leute wie möglich aufzutreiben, die dieses Kind kannten – und dafür sorgen, dass sie sich wieder an das Kind erinnern.«
»Okay«, murmelte Rosie und bemühte sich, nicht finster dreinzuschauen. Sie wollte die Feenkönigin nicht enttäuschen, aber insgeheim fand sie diesen Teil ganz und gar nicht einfach.

Am nächsten Morgen wachte Rosie erst nach neun Uhr auf. Ihre Mutter war bereits unten in der Küche und machte Frühstück. Es roch so, als würde sie Speck braten, also schien sie gut gelaunt zu sein. Ihre Mutter machte sich so gut wie nie die Mühe, ihnen ein warmes Frühstück zu bereiten.
Nachdem Rosie ihr Speckbrötchen gegessen und sich gewaschen und angezogen hatte, beschäftigte sie sich eine Weile in ihrem Zimmer, räumte auf und versuchte nicht an Schneeglöckchen zu denken. Um elf Uhr ging sie nach unten und kündigte ihrer Mutter an, sie wolle ein bisschen im Moor spazieren gehen.
»Wenn du willst, komm ich mit und leiste dir Gesellschaft«, bot ihre Mum an.
Doch ausnahmsweise war das Rosie nicht recht. »Ist schon gut, Mum«, erwiderte sie. »Ich gehe lieber allein.«

Ihre Mutter machte einen überraschten und etwas gekränkten Eindruck, aber das konnte Rosie jetzt nicht ändern. Sie musste unbedingt die weiße Taube treffen – und das ging nicht, wenn ihre Mutter dabei war.

Sie spazierte zum Moor hinauf und auf den Wald zu, ohne genau zu wissen, was sie überhaupt tun würde, wenn sie angekommen war. Als sie den Baumstumpf erreichte, auf dem sie zwei Tage zuvor die Praline hinterlassen hatte, setzte sie sich darauf und wartete. Es war erst halb zwölf. Bald fühlte sie sich ganz seltsam, so als würde sie jeden Moment einen Zauber erleben. Vielleicht würde sich der Baumstumpf wie eine Falltür öffnen und einen geheimen Gang freigeben, der mitten in den Wald hineinführte. Sie klopfte dreimal auf das Holz, doch nichts geschah. Rosie setzte sich auf den Boden, damit sie sich mit dem Rücken an den Baumstumpf lehnen konnte. Die Sonne stand jetzt hoch am Himmel und blendete sie, als sie nach oben schaute und nach der weißen Taube Ausschau hielt. Rosie schloss eine Weile die Augen und wurde allmählich müde, weil es so heiß war. Als sie dann die Augen aufschlug, um auf die Uhr zu sehen, entdeckte sie einen Vogel am Himmel. Er kam näher und entpuppte sich als eine weiße Taube. Rosie stand auf und der Vogel flog

über sie hinweg. Er hielt ein kleines weißes Bündel im Schnabel und glitt mit ihm hoch über den Bäumen auf die Mitte des Waldes zu.
Aufgeregt verließ Rosie den Baumstumpf und ging in den Wald hinein. Je weiter sie wanderte, desto dunkler wurde er. Ein paarmal rief sie »Hallo!«, weil sie sicher war, dass die Feen hier irgendwo lebten, doch sie hörte nichts als ihre eigene Stimme und deren unheimliches Echo. Die Bäume standen immer dichter zusammen und bald wusste sie nicht mehr, in welche Richtung sie ging. Über sich sah sie nur ein schwarzes Blätterdach. Auch der Boden war dunkel, und als sie über eine dicke Baumwurzel stolperte, beschloss sie umzukehren.
In diesem Moment wurde ihr klar, dass sie gar nicht wusste, welche Richtung sie einschlagen musste, um aus dem Wald herauszukommen. Am Anfang glaubte sie es zu wissen und marschierte daher weiter, doch anstatt den Rückweg zu finden, stieß sie auf immer enger zusammenstehende Bäume. Bald bekam sie richtig Angst. Was, wenn sie nie mehr aus dem Wald herausfinden würde? Ihre Mutter wusste nicht mal, wo sie war. Wie sollte man sie jemals aufspüren?
Gerade als sie in Tränen ausbrechen wollte, kam sie an eine winzige Lichtung, in deren Mitte ein weite-

rer Baumstumpf stand. Und als ob sie hier auf Rosie gewartet hätte, saß auf diesem Baumstumpf – die weiße Taube!
Jetzt hielt der Vogel nichts mehr im Schnabel, und sobald er Rosie bemerkte, erhob er sich vom Baumstumpf und flog zwischen den Bäumen vor ihr her. Ab und zu ließ er sich kurz auf einem Ast nieder und drehte sich um, als wollte er sich vergewissern, ob Rosie nachkam. Rosie konnte die Taube gut im Auge behalten, denn sie flog nur genau so schnell, dass sie ihr ohne Probleme folgen konnte. Rosie redete mit ihr so wie Miss MacPhee mit Angus, als könnte die Taube sie verstehen, auch wenn sie nicht antwortete. »… deshalb muss ich unbedingt wissen, wer Schneeglöckchens Kind war, damit ich den Feen helfen kann sie zu retten. Ich werde es ihnen nicht erzählen, weil ich das nicht darf, aber wenn du es mir verrätst, kann ich vielleicht etwas tun …«
Plötzlich tauchten schmale blaue Himmelsfetzen zwischen den Wipfeln auf und kurz darauf stand sie wieder am Waldrand in der Sonne.
»Kannst du sprechen?«, fragte sie den Vogel, weil sie dachte, dass die Feen vielleicht auch ihn verzaubert hatten. Doch die Taube flog nur weiter in Richtung Straße vor ihr her. Sie landete auf dem Gatter, wartete auf sie und flog wieder los, als Rosie darüber-

kletterte. Als Rosie die Straße überquerte und auf Thistle Cottage zuging, fing die Taube laut an zu gurren und flatterte aufgeregt über ihr hin und her, wie ein Schäferhund, der ein vom Weg abgekommenes Schaf zurücktreiben wollte. Offensichtlich wollte die Taube sie woandershin führen.

Also folgte Rosie der Taube, die hoch über der einspurigen Straße flog und schließlich ein Stück hinter Thistle Cottage an einem weiteren Gatter Halt machte. Rosie schaute auf das Feld dahinter und erkannte in der Ferne den alten Friedhof unten am See. Nach den Trümmern zu urteilen, die dort lagen, hatte hier vor langer Zeit auch einmal eine Kirche gestanden.

Rosie kletterte über das Gatter und stapfte über das grasbewachsene Feld, um sich den Friedhof genauer anzusehen. Die Gräber lagen alle zum See hin und waren so alt, dass sie von niemandem mehr gepflegt wurden. Die weiße Taube hatte sich auf einem Grabstein niedergelassen. Sie rührte sich nicht, als Rosie sich vor das Grab hockte und das lange Gras vor dem Stein wegstrich. Er war auf einer Seite mit Moos und Efeu bedeckt und die Inschrift war nur sehr schwer zu entziffern. Zum Glück hatte Rosie keine Schwierigkeiten, den Namen zu lesen, der ganz oben stand: SARAH. Von den übrigen Wörtern konnte sie gerade genug erkennen, um herauszufinden, dass das Grab einem Kind gehörte, das mit sieben Jahren gestorben war. Da stand ein Datum – 14. Januar 1927 – und darunter die Namen von Sarahs Eltern, William und Anne McIver.

Die Taube neigte den Kopf, als wollte sie Rosies Aufmerksamkeit erneut auf den Namen lenken, der auf dem Grabstein stand. Dann erhob sie sich und flog in großer Höhe auf den See zu.

»Danke!«, rief Rosie ihr nach, denn sie wusste, dass es nur einen Grund geben konnte, warum die Taube sie hierhergeführt hatte: Sarah McIver musste Schneeglöckchens Menschenkind sein!

Kapitel 9

Rosie beschloss, als Erstes Flora zu besuchen und herauszufinden, ob sie Sarah McIver gekannt hatte. Sie ging gleich zu ihr.

Flora saß auf der Bank vor ihrem Häuschen und aß gerade einen Teller Linsensuppe, als Rosie ihre Einfahrt entlangspazierte. Angus kauerte im Schatten unter der Bank und fraß einen Teller geräucherte Heringe. Rosie hatte allmählich das Gefühl, dass Miss MacPhee mehr Zeit für Angus' Mahlzeiten aufwandte als für ihre eigenen.

»Hast du etwas von Schneeglöckchen gehört?«, erkundigte sich Flora, bevor sie den Löffel in den Mund schob.

»Ich weiß nur, dass sie immer noch schwer krank ist«, antwortete Rosie. Am liebsten hätte sie Flora alles erklärt, doch sie wusste, dass sie das nicht durfte.

»Miss MacPhee, ich wollte Sie fragen, ob Sie ein Mädchen mit dem Namen Sarah McIver kannten, als Sie noch klein waren. Ich hab nämlich gerade ihr Grab auf dem alten Friedhof unten am See gefunden und ausgerechnet, dass sie jetzt ungefähr so alt sein müsste wie Sie, wenn sie nicht gestorben wäre. Sie starb mit sieben Jahren.«

»Tatsächlich?« Flora aß weiter ihre Suppe. »Und wie alt schätzt du mich?«

Rosie lief rot an. »Na ja, Sarah wäre jetzt zweiundachtzig, wenn sie noch am Leben wäre. Das hab ich ausgerechnet.«

»Und du meinst, ich müsste genauso alt sein?«

Rosies Gesicht wurde noch röter. »Na ja … vielleicht nicht ganz …«, begann sie, doch die alte Dame unterbrach sie.

»Ich werde nächsten Samstag achtzig Jahre alt, wenn du es unbedingt wissen musst. Was sagst du jetzt?«

»Nächsten Samstag?« Rosie war einen Moment lang abgelenkt. »Geben Sie dann eine Party? Als mein Opa achtzig wurde, haben wir ein riesiges Fest für ihn veranstaltet! All seine Freunde und Verwandten waren da.«

»Ach, ich habe keine Verwandten – und Freunde auch nicht viele«, entgegnete Flora und winkte ab. »Ich mache mir hier einfach mit Angus einen schönen, ruhigen Tag. Wahrscheinlich kaufe ich mir eine leckere Torte beim Laden auf Rädern, wenn er am Freitag kommt.« Sie blies auf einen Löffel Suppe. »Nach wem hast du mich vorhin gefragt? Sarah McIver? Ich wüsste nicht, dass ich als Kind jemanden mit diesem Namen kannte. Ich erinnere mich aber an eine Annie McIver. Sie war in meiner Klasse. Zufälligerweise habe ich gerade an sie gedacht. Hab über sie in der Zeitung gelesen.« Sie griff nach der Zeitung, die neben ihr auf der Bank lag, und zeigte auf die Sparte, in der Geburten, Todesfälle und Eheschließungen aufgeführt waren. Dann tippte sie auf eine Meldung in der Spalte mit den Todesfällen.

»Annie McIver«, las Rosie vor. Sie warf einen Blick auf das Datum: Sie war vor fünf Tagen gestorben. In dem Artikel hieß es, die neunundsiebzigjährige Annie McIver aus Shee Village auf der Insel Skye sei in einem Pflegeheim von Glasgow friedlich im Schlaf dahingeschieden.

Rosie dachte nach. Vor fünf Tagen hatte die Feenparty stattgefunden, auf der Schneeglöckchen ohnmächtig geworden war. War Annie mit Sarah verwandt? War sie es vielleicht gewesen, die Sarah all die Jahre im Gedächtnis behalten hatte?

»Miss MacPhee, könnte Sarah vielleicht Annies Schwester gewesen sein?«, fragte Rosie. »Wissen

Sie noch, ob Annies Eltern William und Anne hießen?«

Flora schüttelte den Kopf. »Tut mir leid, meine Liebe. Daran kann ich mich wirklich nicht erinnern.«

Falls Sarah Annies Schwester gewesen war und noch dazu ihre einzige, würde es passen, dass sich jetzt nach Annies Tod niemand mehr an sie erinnerte. Schließlich war Sarah schon vor fünfundsiebzig Jahren gestorben. Es war unwahrscheinlich, dass jemand außerhalb ihrer Familie nach so langer Zeit noch an sie dachte. Aber zumindest ein paar der übrigen alten Dorfbewohner mussten sie früher einmal gekannt haben. Vielleicht hatten sie als Kinder mit ihr gespielt.

»Könnten Sie nicht mit mir ein paar andere alte Leute aus der Gegend besuchen?«, bat Rosie. »Ich würde sie so gern fragen, ob sie Sarah kannten.«

Flora verzog das Gesicht. »Ich wüsste nicht, wieso ich irgendwelchen Leuten hier in der Gegend einen Besuch abstatten sollte. Sie leben alle ihr eigenes Leben, die meisten haben Kinder und Enkelkinder.«

Rosie hörte gar nicht mehr richtig zu. Während Flora redete, war ihr eine Idee gekommen, wie sie Schneeglöckchen helfen konnte. »Sie könnten doch nächste Woche eine Geburtstagsfeier machen und dazu alle anderen alten Leute aus dem Dorf einladen. Zum Beispiel in den Gemeindesaal. Mum hat danach gefragt, weil sie dort gern an einem Abend ihre Bilder ausstellen würde. Er gehört der Kirche und Mum hat herausgefunden, dass man ihn umsonst benutzen darf, wenn man es sich nicht leisten kann, dafür zu bezahlen.«

Miss MacPhee hatte ganz rote Wangen bekommen und aufgehört ihre Suppe zu essen. »Ich bin nicht auf die Wohltätigkeit anderer Leute angewiesen, Rosie MacLeod!«, schimpfte sie. »Und wenn ich eine Party geben wollte – was ich nicht will –, würde ich sie selbst organisieren. Du solltest jetzt besser zu deiner Mutter zurückgehen. Sie fragt sich sicher schon, wo du bist.«

»Es tut mir leid«, sagte Rosie kleinlaut. »So hab ich das nicht gemeint.«

Doch Flora stand bereits auf und scheuchte sie mit der Hand fort.

Rosie hätte ihr so gern von Schneeglöckchen erzählt und ihr den wahren Grund genannt, warum sie alle alten Dorfbewohner zusammentrommeln wollte. Natürlich konnte sie trotzdem eine Geburtstagsparty für Flora organisieren, ohne dass die alte Dame davon wusste. Sie brauchte bloß allen zu erzählen, es würde eine Überraschungsparty werden, so wie damals bei ihrem Opa. Zwar hatte Rosie den Eindruck, dass Flora sich nicht so sehr darüber freuen würde wie ihr Großvater, aber die Zeit wurde langsam knapp. Und Rosie wusste einfach nicht, wie sie Schneeglöckchen sonst helfen sollte.

Ausgerechnet Cammie erwies sich als die größte Hilfe, nachdem Rosie ihm ihren Plan eröffnet hatte. Sie konnte Cammie zwar nicht von Sarah McIver erzählen, erklärte ihm aber, dass sie jetzt wusste, wer Schneeglöckchens Kind war. Und dass sich bestimmt einer der alten Dorfbewohner an das Kind erinnerte, wenn man sie alle zusammentrommelte, auch wenn Flora es nicht kannte. Cammie stimmte ihr zu, dass eine Party die beste Methode war, um möglichst viele Leute auf einmal zusammenzubringen.

Ihm gefiel die Idee, eine Überraschungsparty für Flora zu veranstalten. »Sie wird fuchsteufelswild werden«, sagte er grinsend, als würde es deshalb umso mehr Spaß machen.

»Hoffentlich ist sie nicht allzu böse auf mich«, erwiderte Rosie zerknirscht. »Aber das Wichtigste ist jetzt, dass wir möglichst viele Leute zusammenbekommen, damit wir Schneeglöckchen helfen können.«

»Keine Sorge. Ich wette, die griesgrämige alte Schachtel kommt gar nicht erst«, vermutete Cammie.
Rosie kicherte. »Wenn sie hören würde, dass du sie so nennst, würde sie dir den Kopf abreißen!«
»Dazu müsste sie mich erst mal kriegen, und einen MacPherson fängt man nicht so leicht, wenn er sich nicht fangen lassen will!« Und er vollführte einen kleinen Tanz, als wollte er ihr beweisen, wie flink er auf den Beinen war. »Ich kann die Einladungen überbringen, wenn du willst. Und alle meine Brüder können helfen.«
»Wie viele Brüder hast du denn?«, fragte Rosie.
»Neun, soweit ich weiß.« Er zählte sie an den Fingern ab. »Calum, Willie, Großer Dougal, Jimmy, Murdo, Ewan, Fraser, Gordon und Kleiner Dougal. Und es gibt noch viel mehr MacPhersons. Ich habe zweiunddreißig Cousins …« Er fing an, auch diese an den Fingern abzuzählen. »Hamish, Andrew, Stuart, John …«
»Ich bin froh, dass du eine so große Familie hast«, unterbrach ihn Rosie, bevor er alle Namen nannte. »Wir werden viel Hilfe brauchen, um alle Einladungen bis Samstag zu verteilen. Ich kann sie schreiben, aber du musst dafür sorgen, dass sie in die richtigen Briefkästen kommen. Geht das?«

»Na klar. Wir könnten auch etwas Feenstaub darüberstreuen, nur um sicherzugehen, dass die Leute auch in Partystimmung sind, wenn sie die Briefe öffnen. Einige Leute würden sonst vielleicht nicht kommen. Die alte Flora ist hier in der Gegend nicht gerade beliebt.«

»Mögen sie die Leute denn nicht?«, fragte Rosie überrascht.

»Sie halten sie nur für ein bisschen verschroben«, antwortete Cammie, »weil sie nie aus dem Haus geht und mit niemandem redet außer mit Fremden wie euch, die Thistle Cottage mieten.«

»Aber ich bin doch keine Fremde!«, protestierte Rosie erbost. »Ich und meine Mum wohnen jetzt genauso hier wie alle anderen auch und wir werden auch nach den Sommerferien noch hier sein.«

»Ist ja schon gut«, beschwichtigte Cammie sie. »Ich halte dich nur immer noch für eine Fremde, weil du mit einem so komischen Akzent sprichst, das ist alles. Mach dir nichts draus. Du wirst sicher bald normal sprechen, wenn du erst mal eine Weile hier gewohnt hast.«

»Du bist wirklich blöd!«, sagte Rosie.

»Nein, du bist blöd!«, gab Cammie gereizt zurück und machte ein mürrisches Gesicht, während er zum obersten Bord in der Nische hinüberflog, in der er

früher gewohnt hatte. »Mich einfach aus meinem Haus zu werfen und obdachlos zu machen!«
»Kannst du dir nicht ein anderes Häuschen suchen?«, schlug Rosie vor.
Cammie warf ihr einen finsteren Blick zu. »Schon, aber es wäre bestimmt nicht so gemütlich wie hier. Du hast wohl noch nicht hinter die Bücher auf dem obersten Bord geschaut, was?«
Rosie schüttelte den Kopf. »Warum?«, fragte sie. »Was ist denn da?«
»Mein Zuhause, das ist da. Ich bin ja davon ausgegangen, dass ihr nach dem Sommer wieder abreist, deshalb hab ich alles dagelassen. Du kannst gern mal einen Blick reinwerfen, wenn du möchtest.«
Rosie zog ihren Stuhl zum Regal in der Nische hinüber und stellte sich darauf. Dann nahm sie aus dem obersten Bord ein paar Bücher heraus und stellte fest, dass dahinter noch erstaunlich viel Platz auf dem Regalboden war. Versteckt hinter der staubigen Bücherreihe lag ein Zimmerchen in Puppenstubengröße, gerade passend für einen Winzling. An einem Ende des Bords stand ein weiches Bett aus trockenem, federndem Moos mit einem weißen Taschentuch als Decke. Neben dem Bett stand ein Schirmpilz als Tisch und ein kleinerer Pilz als Stuhl

daneben. An der Wand über dem Tisch hing das winzige Porträt eines tanzenden Winzlings in Hochlandtracht. Cammie erklärte ihr stolz, dass er auf dem Bild bei einem schottischen Volkstanz zu sehen war. Am anderen Ende des Bords standen ein rosafarbener Barbiepuppenschrank und eine Kommode aus Streichholzschachteln.

»Den hab ich bei einem Wohltätigkeitsbasar erstanden«, verkündete Cammie und zeigte stolz auf den Kleiderschrank. »Ist doch hübsch, findest du nicht?«

Rosie schaute ihn an. »Cammie …« Sie zögerte. »Hör mal, ich hab nichts dagegen, wenn du wieder hier einziehen möchtest. Meine Mum schaut sowieso nie hinter diese Bücher, also wird sie es nicht merken.«

»Wirklich?« Cammies Gesicht hellte sich auf.

Rosie nickte.

»Hmm …« Cammie hörte plötzlich auf zu grinsen und schaute nachdenklich drein, als müsste er Rosies Angebot erst sorgfältig abwägen. »Ich könnte mir vorstellen Ja zu sagen. Aber nur wenn du versprichst nicht rüberzuschauen, wenn ich mich umziehe oder so was.«

»Natürlich würde ich das nicht tun!«, versicherte ihm Rosie entsetzt.

»Und solange du nicht schnarchst. Ich kann nämlich nicht einschlafen, wenn jemand schnarcht.«
»Ich glaube nicht, dass ich schnarche«, erwiderte Rosie stirnrunzelnd. »Cammie, du musst ja nicht einziehen, wenn du nicht willst. Ich hab bloß gedacht …«
»Ich werde es versuchen«, sagte Cammie schnell. »Wenn du zu laut bist, kann ich ja auch meine Ohrenstöpsel tragen. Ich geh jetzt meine Sachen holen und bitte schon mal ein paar Winzlinge, mit mir eine Liste aller alten Leute hier in der Gegend zusammenzustellen. Das sollte nicht allzu schwierig sein, weil die meisten von uns in ihren Häusern wohnen.«
»Toll!«, rief Rosie. »Ich hole etwas Papier und schreibe schon mal die Einladungen. Dann sind sie fertig, wenn du zurückkommst.«
Also schrieb Rosie in großen Buchstaben:

EINLADUNG!!!
SIE SIND HERZLICH ZU EINER
ÜBERRASCHUNGSPARTY ZU MISS FLORA
MACPHEES 80. GEBURTSTAG EINGELADEN!

Für die Buchstaben benutzte sie einen roten Kugelschreiber und malte dann mit dem besonderen Stift, den ihre Mutter immer für Geburtstagskarten verwendete, goldene Schnörkel darunter. Dann fügte sie Ort und Zeit hinzu: nächsten Samstag um sieben Uhr abends im Gemeindesaal. Als Letztes schrieb sie »Um Antwort wird gebeten« darunter und nannte ihren Namen und ihre Telefonnummer. Jetzt brauchte sie nur noch ihre Mutter zu bitten, den Saal zu mieten.

Als Cammie sehr viel später zurückkehrte, balancierte er seinen Streichholzschachtelkoffer auf dem Kopf. Und er teilte ihr mit, dass sie zwanzig Einladungen brauchen würden. »Ich habe mit den anderen Winzlingen gesprochen und diese Leute sind unseres Wissens alle, die über fünfundsiebzig Jahre alt sind und nah genug wohnen, um herzukommen«, erklärte er. »Ich bin nicht sicher, ob sie alle hier aufgewachsen sind, aber einige von ihnen bestimmt.«

»Prima«, antwortete Rosie. »Einige davon werden sich bestimmt an Sa…« Sie merkte noch rechtzeitig, dass sie kurz davor gewesen war, Sarahs Namen auszusprechen, den Cammie doch nicht erfahren durfte. »Aber es darf keine Fee und kein Winzling zur Party kommen«, erinnerte sie ihn. »Sobald es losgeht, werde ich den Namen von Schneeglöckchens Kind laut aussprechen müssen.«

»Keine Sorge. Uns ist sowieso nicht nach Feiern

zu Mute«, erwiderte Cammie trübsinnig. »Wir machen uns alle zu große Sorgen um Schneeglöckchen. Sie wird täglich schwächer. Weißt du, falls dein Plan nicht funktioniert, bleiben ihr nur noch wenige Tage.«

Rosie betrachtete das Blumenarmband, das Schneeglöckchen ihr geschenkt hatte und das sie noch immer trug. »Er funktioniert ganz bestimmt«, sagte sie und drückte fest die Daumen. »Er muss einfach!«

Kapitel 10

Alle Einladungen waren verschickt und Cammies Feenstaub hatte anscheinend gewirkt, denn fast alle geladenen Gäste hatten bereits Rosies Mum angerufen und zugesagt. Ihre Mutter hatte den Gemeindesaal gemietet und auch den Pfarrer Reverend MacKay und seine Frau eingeladen. Er würde bald in den Ruhestand treten und hatte drei ältere Schwestern, von denen die älteste in Floras Schulklasse gewesen war. Deshalb sorgte Rosie dafür, dass auch die Schwestern des Pfarrers eingeladen wurden. Reverend MacKay vermutete, dass sie bestimmt kommen würden, obwohl sie inzwischen anderswo auf der Insel lebten.

»Ich kann immer noch nicht glauben, dass Miss MacPhee zu dir gesagt hat, sie wünschte, jemand würde eine Party für sie geben«, sagte ihre Mutter zum zehnten Mal, nachdem gerade wieder jemand angerufen hatte, der kommen wollte. »Und die Gäste können es sich auch nicht vorstellen. Alle

sagen, sie hätten immer gedacht, dass sie mit niemandem etwas zu tun haben will.«
Rosie kreuzte die Finger hinter dem Rücken und sagte sich wieder einmal, dass dies ja nur eine Notlüge war, um Schneeglöckchen zu retten. »Will sie aber.«
Ihre Mutter seufzte. »Hoffentlich hast du Recht, Rosie. Ich kann nicht behaupten, dass ich sie so eingeschätzt habe, als würde sie sich etwas aus Partys machen. Vielleicht sollte ich sie doch lieber zuerst fragen.«
»Nein, Mum. Dann ist es doch keine Überraschung mehr«, protestierte Rosie.
»Hm …« Ihre Mutter wirkte noch immer unentschlossen.
»Bitte, Mum …«, bettelte Rosie.
»Na, eigentlich kann es ja nicht schaden«, entschied ihre Mutter und seufzte wieder. »Reverend MacKay hält es anscheinend auch für eine gute Idee und seine Frau hilft mir, den Saal vorzubereiten.«
Weiter kam sie nicht, weil schon wieder das Telefon klingelte. Diesmal war jedoch kein Gast dran, sondern Rosies Vater. Er rief an, um ihnen zu sagen, dass er sie am Wochenende besuchen kam!
Rosie war ganz aufgeregt. »Dann kann Dad ja auch

zur Party kommen«, stellte sie strahlend fest, nachdem ihre Mutter aufgelegt hatte.
Ihre Mutter lächelte ebenfalls, bis Rosie atemlos hinzufügte: »Ich kann noch gar nicht glauben, dass er wirklich kommt! Wir können am Sonntag mit Miss MacPhees Boot rausfahren … wir alle drei! Wir können Dad die Seehunde zeigen!«
»Rosie, dir ist doch hoffentlich klar, dass Dad herkommt, um Zeit mit dir zu verbringen, oder?«, sagte ihre Mutter gedehnt. »Ich meine … Dad und ich sind immer noch Freunde, aber wir sind nicht mehr zusammen.«
Erst jetzt bemerkte Rosie ihr besorgtes Gesicht. »Ist schon okay, Mum«, antwortete sie leise. »Das weiß ich doch.« Sie wusste es wirklich. Meistens jedenfalls.
Ihre Mutter schaute sie einen Moment lang eindringlich an. »Es tut mir leid, Liebling«, seufzte sie. Dann drückte sie Rosie an sich und umarmte sie.

An diesem Abend konnte Rosie nicht einschlafen. Cammie war immer noch nicht aus dem Feenwald zurück, wo er Schneeglöckchen besuchte. Wo blieb er nur so lange?
Gerade als sie bestimmt zum zehnten Mal aufstehen und aus dem Fenster schauen wollte, flog er zur

Zimmertür herein. »Ich dachte, ich benutze zur Abwechslung mal den Kamin im Wohnzimmer«, erklärte er, klopfte sich den Staub von seinem Rock und nieste geräuschvoll.

»Wie geht es Schneeglöckchen?«, erkundigte sich Rosie ängstlich.

»Leider nicht so gut. Die Feenkönigin kümmert sich um sie. Sie ist jetzt sehr schwach. Sie darf im Rosenblütenbett der Königin schlafen, in dem man nur schöne Träume hat.«

»Was hält denn die Feenkönigin von unserem Plan?«, wollte Rosie wissen. »Glaubt sie, dass er funktioniert?«

»Sie sagt, es könnte sein. Aber weil Schneeglöckchen inzwischen so schwer krank ist, vermutet sie, dass sich mehr als eine Person an das Kind erinnern muss. Sie sagt, du müsstest unbedingt dafür sorgen, dass möglichst viele Leute gleichzeitig an das Kind denken.«

»Oje«, stöhnte Rosie. »Hoffentlich krieg ich das hin.«

»Ich weiß, dass du es kannst«, erwiderte Cammie und flog zum Spiegel hinüber, wo er missmutig sein rußiges Gesicht betrachtete. »Und wenn ein MacPherson etwas weiß, dann hat er immer Recht!« Er drehte sich zu Rosie um. »Alle Feen zählen auf dich, Rosie. Du kannst uns jetzt nicht im Stich lassen.«

Rosie musste schlucken. Sie wollte etwas sagen, brachte aber kein Wort heraus. Ihre Kehle fühlte sich an wie zugeschnürt. Schließlich stieß sie mit heiserer Stimme hervor: »Ich wünschte, ich müsste diese Geschichte nicht allein durchstehen. Ich wünschte, meine Mum würde mir endlich glauben, dass es Feen gibt.«

Cammie schaute sie verständnisvoll an. Seine Stimme klang sehr viel sanfter, als er sagte: »Sie kann nichts dafür, dass sie nicht an uns glaubt. Jedenfalls macht sie sich große Sorgen um dich, und deshalb hat sie auch deinen Dad angerufen. Und das ist sicher auch der Grund dafür, dass er beschlossen hat dich am Wochenende zu besuchen. Du musst ihm ganz schön wichtig sein, wenn er den weiten Weg bis hierher kommt, meinst du nicht?«

Rosie nickte bedächtig. Egal was zwischen ihren Eltern vorgefallen war – sie bedeutete ihrem Vater sehr viel, das wusste sie. Und sie war Cammie dankbar, dass er sie daran erinnerte.

Rosie war so mit den Vorbereitungen für die Party beschäftigt, dass sie immer wieder den angekündigten Besuch ihres Vaters vergaß. Und wenn es ihr dann wieder einfiel, musste sie lächeln, obwohl sie sich noch immer Sorgen um Schneeglöckchen machte.

Am Freitagnachmittag wartete sie aufgeregt auf seine Ankunft. Er hatte ein Flugzeug nach Inverness genommen und sich dann ein Auto gemietet, um über die Straßenbrücke nach Skye zu fahren.

»Er ist da!«, rief Rosie nach oben, als sie vom Küchenfenster aus sah, wie ihr Vater in die Einfahrt einbog. Ihre Mutter hatte sich heute schon zweimal umgezogen und war noch einmal nach oben gegangen, um ihr Make-up aufzufrischen. Rosies Mum hatte kein Make-up mehr getragen, seit sie auf der Insel lebten, daher staunte Rosie, dass sie sich so viel Mühe machte, nur weil ihr Vater sie besuchte. Insgeheim hoffte sie, dass ihre Mutter ihren Dad irgendwie doch noch mochte. Auch wenn sie gesagt hatte, dass sie nie wieder zusammenkommen würden. Schließlich konnte man ja nie wissen!

»Rosie!« Ihr Dad stieß die Autotür auf und hob Rosie hoch. Sie umarmten sich mehrere Minuten lang und dann fragte er: »Wo ist denn deine Mutter?«

Das ist ein gutes Zeichen, dachte Rosie, dass ihr Dad sofort nach ihrer Mutter fragte. Aber sie ärgerte sich ein bisschen über ihre Mum. Warum war sie nicht herausgekommen, um ihn zu begrüßen?

»Sie ist drinnen und macht sich fertig«, erklärte Rosie. Ihr Vater sollte ruhig wissen, dass sich ihre Mum für ihn zurechtgemacht hatte. »Komm rein.«
Ihre Mutter kam ihnen im Flur entgegen und sah hübsch, aber ziemlich nervös aus. Ihre Eltern gaben sich einen Kuss, aber nur auf die Wange. Als sie noch kleiner war, hatten sich ihre Eltern immer ewig geküsst und umarmt, wenn einer von beiden weg gewesen war. Rosie hatte das immer furchtbar kitschig gefunden, aber jetzt würde sie alles darum geben, wenn sie es wieder täten.
»Ich hab meinen Kilt für die Party morgen Abend mitgebracht, Rosie«, verkündete ihr Vater, als er sein Gepäck ins Haus trug. »Meine behaarten Beine machen dir doch nichts aus, oder?«
»Quatsch! Außerdem hat Cammie viel behaartere Beine als du!«
»Cammie?«
»Rosie wird dir sicher später alles über Cammie und die anderen Feen erzählen«, mischte sich ihre Mutter ein und warf Rosies Vater einen vielsagenden Blick zu.
Rosie bemerkte den Blick und bereute es, etwas gesagt zu haben. Gerade als ihr Vater antworten wollte, klingelte sein Handy.
»Oh nein«, sagte ihre Mutter missmutig. »Hättest

du das Ding nicht ein einziges Mal zu Hause lassen können?«
Ihr Dad erklärte, dass er demnächst eine wichtige Gerichtsverhandlung hätte und versprochen hatte, während seines Aufenthalts auf der Insel erreichbar zu sein.
»Und was ist mit dem Versprechen, das du Rosie gegeben hast?«, erinnerte ihn ihre Mutter in spitzem Tonfall. »Du hast ihr versprochen dieses Wochenende mit ihr zu verbringen. Schon vergessen?«
»Ist okay, Mum«, sagte Rosie schnell. Und wie immer, wenn sich ihre Eltern stritten, war sie ganz aufgewühlt.
»Pass auf, es dauert nur eine Minute!«, sagte ihr Vater und fing an in sein Handy hineinzusprechen.
Rosies Mutter verdrehte die Augen und verzog sich in die Küche. Das war häufig passiert, als sie noch in London gewohnt hatten: Ihre Mum hatte die Augen verdreht und war missmutig von dannen gezogen, nachdem ihr Dad irgendwas gemacht hatte. Rosie hatte dann immer das Gefühl gehabt, zwischen zwei Stühlen zu sitzen, und hatte sich nie entscheiden können, ob sie ihrer Mum folgen oder bei ihrem Dad bleiben sollte. Zumindest dieses Problem hatte sie hier auf der Insel nicht mehr.

Während Rosie wartete, bis ihr Dad zu Ende telefoniert hatte, fiel ihr noch etwas auf: Immer wenn sich ihre Eltern in London gestritten hatten, hatte Rosie Angst gehabt. Angst davor, dass sie sich trennen würden. Da das nun schon passiert war, musste sie sich nicht mehr davor fürchten. Und seltsamerweise war das besser.

Nach einem frühen Abendessen schlug ihre Mum vor, Rosie sollte ihrem Vater ein bisschen die Gegend zeigen. Also führte sie ihn zum See hinunter und dann zum Moor hinauf, wo sie ihm den Baumstumpf mit den Blumen ringsherum zeigte. Sie zeigte ihm auch das Blumenarmband, das Schneeglöckchen für sie geflochten hatte. Natürlich wusste sie, dass ihr Vater nicht an die Feen glauben würde, aber sie freute sich so über seinen Besuch, dass es ihr egal war.

Erst später am selben Abend fing alles an schiefzulaufen.

Rosie ging nach unten, um sich ein Glas Wasser aus der Küche zu holen, und blieb im Flur stehen. Sie hörte, wie ihre Eltern über sie sprachen, während sie die Campingliege für Dad im Wohnzimmer aufstellten.

»Sie hatte doch immer schon eine rege Fantasie,

Maggie«, sagte ihr Vater gerade. »Früher hast du das für ein gutes Zeichen gehalten.«
»Als sie noch kleiner war, ja. Da hat sie sich einfach ein paar Freunde ausgedacht, was ja häufig vorkommt. Aber jetzt ist es was anderes. Sie scheint wirklich an diese Feen zu glauben. Ich mache mir Sorgen um sie, James. Vielleicht ist das eine Reaktion auf unsere Trennung. Vielleicht war es falsch, mit ihr hierherzuziehen. Ich dachte, sie könnte hier glücklich sein. Ich dachte, sie würde an diesem Ort eine schöne Kindheit verleben ...«
Bevor Rosies Vater antworten konnte, klingelte wieder sein Handy.
Rosie hörte, wie ihr Vater ins Telefon sprach und seine Stimme immer angespannter klang, bis er schließlich sagte: »Hören Sie, sind Sie sicher, dass ich unbedingt dabei sein muss?« Danach telefonierte er noch mehrere Minuten weiter und beendete dann das Gespräch. »Es tut mir leid, Maggie. Sie mussten für morgen eine dringende Sitzung in der Kanzlei einberufen. Es wird noch jemand anders aus New York eingeflogen und ich muss auch dabei sein. Ich muss gleich morgen früh nach London zurück.«
»Ach, James!« Rosies Mum klang müde und den Tränen nah.
Rosie hatte das Gefühl, als hätte ihr jemand in den

Bauch getreten. Sie wollte es einfach nicht glauben. Dad konnte nicht schon morgen wieder fahren. Er konnte einfach nicht!

In diesem Moment sah sie Cammie auf der Treppe sitzen. Er hatte sich einen orangefarbenen Waschlappen wie ein Handtuch umgewickelt und sein Haar stand nach allen Seiten ab. Anscheinend hatte er ebenfalls zugehört. Sein Gesicht hatte einen entschlossenen Ausdruck. Bevor Rosie ihn aufhalten konnte, war er schon an ihr vorbei ins Wohnzimmer geflogen. Kurz darauf musste ihr Vater laut niesen. Cammie kehrte in den Flur zurück und machte einen sehr selbstzufriedenen Eindruck. Er zwinkerte Rosie zu, überhörte die Fragen, die sie ihm zuflüsterte, und schwirrte über ihren Kopf hinweg nach oben.

Als Rosie in ihrem Zimmer angekommen war, war Cammie bereits hinter den Büchern auf dem obersten Bord verschwunden. Und als sie seinen Namen rief, bekam sie als Antwort nur ein vergnügtes Kichern zu hören. »Kaum zu glauben, wozu Feenstaub alles gut ist!«

Kapitel 11

»Was hast du mit ihm gemacht, Cammie?«, wollte Rosie wissen, als sie am nächsten Morgen nach dem Frühstück in ihr Zimmer zurückkehrte. Ihr Vater würde heute doch nicht nach London fahren. Er konnte nicht, denn sein Gesicht war mit leuchtend roten Flecken übersät.

»Ach, heute Abend sieht er wieder ganz normal aus«, antwortete Cammie hinter den Büchern auf seinem Bord. »Ich dachte nur, ich sorge besser dafür, dass er auf jeden Fall zur Party kommt. Das wolltest du doch, oder?«

»Schon, aber …«

»Na, siehst du!« Cammies roter Haarschopf erschien über den Büchern und seine grünen Augen grinsten Rosie schelmisch an. »Jetzt besuchen wir am besten die alte Flora und behandeln sie ein bisschen mit Feenstaub. Damit sie in Partystimmung kommt!«

Doch als sie an Floras Tür klopften und ihr zum Geburtstag gratulierten, schaute die alte Dame sie finster an. Cammie saß auf Rosies Schulter und rieb geheimnisvoll die Fingerspitzen aneinander.

»Bleib bloß mit deinem Feenstaub von mir weg, du kleiner Halunke!«, schimpfte Flora und knallte ihnen die Tür vor der Nase zu, bevor Rosie auch nur den Mund aufmachen konnte.

Sie klopften noch einmal, doch Flora öffnete nicht.

»Es hat keinen Zweck«, seufzte Cammie. »Und die alte Flora wird auch nicht aus freien Stücken zur Party kommen. Ihre letzte Party war ihre eigene Verlobungsfeier, und das ist fünfzig Jahre her.«

»Verlobungsfeier?«, fragte Rosie. »Aber sie war doch nie verheiratet, oder?«

»Nein, und das ist auch der Grund, weshalb sie keine Partys mag. Ihr zukünftiger Ehemann tauchte an diesem Tag nicht auf. Er schickte ihr eine Nachricht, dass er es sich anders überlegt hatte und lieber auf dem Festland leben wollte. Manche Leute sagen, Flora sei nie darüber hinweggekommen. Danach zog sie sich völlig zurück und bald besuchte sie niemand mehr, weil Flora ihnen einfach nie die Tür öffnete.«

»Die arme Miss MacPhee«, sagte Rosie. Sie konnte sich nicht vorstellen, wie furchtbar es sein musste, wenn einem so etwas auf der eigenen Verlobungsfeier passierte. Wie es Flora wohl danach ergangen war? Sie musste sich ziemlich einsam gefühlt haben. Kein Wunder, dass sie immer so ein Theater um Angus veranstaltete. Angus war so etwas wie ihre Familie – und auf ihre Art waren es auch die Feen, dachte Rosie.

Nachdem sich Cammie auf den Weg zum Wald gemacht hatte, um Schneeglöckchen zu besuchen, schlenderte Rosie nach Thistle Cottage zurück und überlegte fieberhaft, wie sie Flora überreden konnte zur Party zu kommen.

Nachmittags half Rosie ihrer Mutter und Mrs MacKay, den Saal vorzubereiten, während ihr Vater noch immer von roten Flecken übersät war und zu Hause blieb. Sie hängten den Partyschmuck auf, den ihre Mutter gebastelt hatte, und bliesen Luftballons auf, die sie unter der Decke befestigten. Dann stellten sie die Getränke und einen Teil des Essens hin. Später würde Mrs MacKay Sandwiches und eine große Geburtstagstorte bringen.

»Haben Sie Flora schon von der Party erzählt?«, wollte Mrs MacKay wissen, als sie fertig waren.

Rosies Mum schüttelte den Kopf. »Ich würde vorschlagen, Rosie und ich gehen jetzt zu ihr. Dann hat sie noch etwas Zeit, sich zurechtzumachen.«

In diesem Moment erschien Rosies Vater im Türrahmen. Er trug seinen Kilt. »James!«, rief ihre Mutter erstaunt. »Solltest du nicht …« Sie verstummte, als sie bemerkte, dass seine Flecken verschwunden waren.

»Es geht mir blendend«, erwiderte er lächelnd. »Anscheinend hatte ich eine Allergie oder so was. Ich denke, ich kann heute Abend doch zur Party kommen.«

»Das ist ja toll, Dad!«, rief Rosie strahlend, lief zu ihm hinüber und schlang die Arme um ihn.

»Sie sehen jedenfalls blendend aus«, stellte Mrs MacKay fest und zwinkerte Rosies Mum zu. »Wissen Sie, ein gut aussehender Mann in einem Kilt hat etwas an sich, das einer Dame weiche Knie verursacht, selbst wenn man so alt ist wie ich. Ich glaube, dein Dad sollte Miss MacPhee zur Party einladen, Rosie. Wie ich sie kenne, wird sie bei ihm eher Ja sagen als bei euch.«

Und so machten sie es. Rosie begleitete ihren Dad zu Miss MacPhees Cottage, und nachdem die alte Dame ihn zuerst etwas argwöhnisch gemustert hatte, bat sie die beiden tatsächlich herein.

Sie kochte eine Kanne Tee und sie setzten sich in ihre große altmodische Küche und plauderten über die Insel und die Natur. Rosies Vater erzählte Miss MacPhee, dass er als Kind auch eine große rot-

braune Katze gehabt hatte, die fast so schön war wie Angus.
Schließlich nahm er Floras Hand und begann sehr höflich: »Miss MacPhee, in Wahrheit habe ich Sie besucht, um Sie etwas zu fragen. Würden Sie mir die Ehre erweisen, mich heute Abend zu einem festlichen Ereignis zu begleiten? Wissen Sie … Rosie hat nämlich eine Geburtstagsfeier für Sie organisiert!«
»Wie bitte?« Miss MacPhee machte ein erstauntes Gesicht.
»Sie wollte Sie damit überraschen. Es kommen viele Leute aus dem Dorf, auch der Reverend MacKay mit seiner Frau und seine drei Schwestern. Sie alle wollen Ihren achtzigsten Geburtstag mit Ihnen feiern! Bitte sagen Sie Ja!«
»Das wollen sie wirklich?« Flora schaute noch ungläubiger drein. Dann verfinsterte sich ihre Miene. »Ich glaube eher, sie wollen wissen, wie ich nach all den Jahren aussehe.«
»Mrs MacKay hat eine riesige Geburtstagstorte mit rosa Zuckerguss gebacken und Ihr Name steht in blauem Zuckerguss drauf und …«, erzählte Rosie aufgeregt, doch Flora unterbrach sie.
»Die Schwestern des Pfarrers, sagen Sie? Seine älteste Schwester … Susan … war meine beste Freun-

din in der Schule. Hab sie schon ewig nicht mehr gesehen.«

»Na, heute Abend können Sie sie wiedersehen. Und vor allem wird sie Sie sehen … wie Sie an meinem Arm hereinkommen … wenn Sie mir erlauben Sie zu begleiten.« Rosies Dad schenkte ihr ein strahlendes Lächeln.

Flora lachte. »Sie sind ein ganz schöner Charmeur, was?« Sie schaute Rosie an. »Du wärst wohl sehr enttäuscht, wenn ich nicht mitkomme und die Kerzen auspuste und diesen ganzen Mist?«

»Ja«, gab Rosie zu. »Sie müssen einfach kommen, Miss MacPhee! Bitte!«

»Na gut, na gut«, brummte Flora. »Vielleicht mach ich mal eine Ausnahme. Ich habe immer noch das Kleid, das ich für meine letzte Party gekauft habe, also sollte ich es auch benutzen.«

Als sie Floras Häuschen verlassen hatten, flüsterte Rosie ihrem Vater zu: »Cammie sagt, ihre letzte Party ist schon fünfzig Jahre her!«

Ihr Dad lachte. »Na, wenn Cammie das sagt … und Winzlinge haben ja meistens Recht … dann lass uns hoffen, dass es ihr noch passt!« Er zwinkerte ihr zu und Rosie wusste nicht, ob er sie nur neckte oder ob er ihr vielleicht … nur vielleicht … doch glaubte, dass es die Feen und Winzlinge gab.

Cammie flog durch Rosies Zimmer herein, als sie gerade den Reißverschluss ihres eigenen Partykleids zuzog. Es war rosa und hatte funkelnde Pailletten auf dem Rücken. Dazu trug sie passende glänzende Schuhe.

Cammie landete mit einem dumpfen Geräusch auf dem Bett, blieb dort sitzen, stützte das Kinn in die Hände und machte ein betrübtes Gesicht. »Rosie, du solltest wissen, dass Schneeglöckchen jetzt wirklich sehr schwach ist.« Seine Stimme zitterte, als er hinzufügte: »Sie ist kurz davor zu verschwinden. Man kann schon sehen, wie es anfängt. Sie wird diese Nacht nicht überstehen.«

»Doch, das wird sie!«, entgegnete Rosie grimmig. Sie war jetzt wild entschlossen. »Sobald die Party angefangen hat, werde ich die Leute dazu bringen, sich an die guten alten Zeiten zu erinnern, und dann wird einer von ihnen bestimmt an Sa…« Sie biss sich auf die Lippe, bevor ihr Sarahs Name herausrutschen konnte. »Am besten fliegst du jetzt wieder zu den Feen zurück. Sag mir nur, wenn es Schneeglöckchen besser geht oder wenn sie …« Sie schluckte. Sie konnte den schrecklichen Gedanken nicht laut aussprechen.

Sie sah zu, wie ihr Freund in den Abendhimmel hinausflog. Falls sich Schneeglöckchen je wieder erholen sollte, musste Rosie dafür sorgen, dass der Plan funktionierte.

Die Gäste auf Floras Party mussten sich an Sarah McIver erinnern und anfangen sich über sie zu unterhalten. Und je mehr ihnen wieder einfiel und je länger sie sich unterhielten, umso größer war die Chance, dass Schneeglöckchen sich erholte.

Rosies Mum fuhr sie zum Gemeindesaal. Flora saß auf dem Beifahrersitz und war in ein großes cremefarbenes Tuch gehüllt, das ihr Kleid fast vollständig bedeckte. Rosie saß bei ihrem Vater auf der Rückbank und war nervös. Was, wenn sich niemand an Sarah erinnerte? Was würde sie dann tun?

Rosie und ihre Mum betraten den Saal als Erste und lächelten den alten Leuten zu, die in Grüppchen herumstanden, Wein tranken und sich unterhielten. Alle verstummten, als Flora am Arm von Rosies Dad hereinschritt. Sie hatte ihr Tuch abgenommen und darunter kam ein wunderschönes perlenbesetztes dunkelblaues Kleid zum Vorschein. Rosie konnte kaum glauben, dass es schon fünfzig Jahre alt war!

Alle riefen zusammen »Herzlichen Glückwunsch zum Geburtstag!«, und Reverend MacKay öffnete knallend eine Sektflasche. Bald scharten sich alle um Flora, fragten sie, wie es ihr gehe, wünschten ihr ein langes Leben und bewunderten ihr Kleid. Zu Rosies großer Überraschung brach Flora nach einem Blick auf ihre alten Freunde in Tränen aus.

»Sie weint vor Freude und nicht vor Kummer«, flüsterte Mrs MacKay Rosie zu. »Sie hat nicht damit gerechnet, dass wir uns alle noch etwas aus ihr machen.«

Rosie verstand ungefähr, was Mrs MacKay meinte. Sie wusste, dass man auch weinen konnte, wenn man glücklich war, und nicht nur, wenn man traurig war. Ihre Mutter hatte ihr erzählt, dass ihr Vater bei Rosies Geburt geweint hatte, einfach nur weil er sich so gefreut hatte.

Flora hatte ihre frühere Freundin Susan entdeckt und war zu ihr hinübergegangen. Die beiden alten Damen standen voreinander und schauten sich verlegen an, als wüssten sie nicht, wo sie nach so langer Zeit anfangen sollten. Also beschloss Rosie zu handeln.

»Miss MacPhee, wissen Sie noch, dass ich Sie nach Sarah McIver gefragt habe?« Rosie sprach so laut, dass alle Umstehenden sie auch hören konnten. »Meinen Sie, dass jemand anders hier sie vielleicht kennt? Sie könnte Annies Schwester gewesen sein.«

Susan drehte sich zu Rosie um. »Ich kann mich noch gut an Annie McIver erinnern«, sagte sie. »Sie hatte tatsächlich eine Schwester, die ein paar Jahre älter war. Sie starb, als wir noch Kinder waren, aber soweit ich weiß, hieß sie nicht Sarah.« Sie wandte sich an eine alte Dame, die in der Ecke saß und an ihrem Sherry nippte. »Morag, wie hieß noch mal das ältere McIver-Mädchen? Das in dem Winter starb, als alle Lungenentzündung bekamen? Doch nicht Sarah, oder?«

Die alte Dame stand auf, kam zu ihnen herüber und hielt dabei vorsichtig das Sherryglas mit beiden Händen, um nichts zu verschütten. »Nein, sie hieß nicht Sarah. Wir wohnten nur zwei Häuser von den McIvers entfernt. Ich weiß noch, dass Annie immer von ihr redete. Ihr Name war … hm … Susie …? Katie …?«

»Sadie!«, rief eine krächzende Stimme aus einem Rollstuhl neben dem Tisch.

»Sadie!«, wiederholte Morag. »Genau, so hieß sie!«

Die alte Dame im Rollstuhl winkte Rosie zu sich. »Ich bin Miss MacIntyre«, stellte sie sich mit heiserer Stimme vor. »Ich war früher Floras Lehrerin in der Dorfschule, als sie so alt war wie du.«

»Floras Lehrerin?«, staunte Rosie und rechnete eilig im Kopf aus, wie alt sie sein musste.

»Ganz recht. Ob du es glaubst oder nicht, ich werde nächstes Jahr hundert Jahre alt. Ich bin die älteste Inselbewohnerin!«

»Wow!«, rief Rosie. Sie hatte noch nie jemanden getroffen, der so alt war.
»Du möchtest also etwas über Sadie McIver erfahren, ja?«, fragte Miss MacIntyre.
»Nicht Sadie, sondern Sarah«, antwortete Rosie enttäuscht, doch Miss MacIntyre lächelte weiter.
»Sarah war ihr richtiger Name, das stimmt, aber alle nannten sie Sadie. Ich hab schon Jahre nicht mehr an die Kleine gedacht. Sie war ein aufgewecktes Mädchen. Eine meiner besten Schülerinnen. Ich weiß noch, dass sie eine richtige Schnatterliese war. Erzählte ständig Geschichten über Feen und zeigte mir Geschenke, die sie angeblich von ihnen hatte. Sie hatte wunderschöne blaue Augen und goldblondes Haar. Ich weiß noch, wie sie einmal herausfand, dass ich Geburtstag hatte, und mir einen Strauß Schneeglöckchen brachte. Sie blieben wochenlang frisch. Normalerweise halten Schneeglöckchen nicht sehr lange, nachdem man sie gepflückt hat. Aber sie erzählte mir, das wäre wegen dem …«
»Feenstaub«, ergänzte Rosie atemlos.
Jetzt scharten sich auch die übrigen Gäste um sie.
»Ja, ich erinnere mich an diese Schneeglöckchen«, mischte sich ein älterer Mann ein. »Ich weiß noch, wie ich Sadie immer damit aufgezogen habe und ihr sagte, sie würde sich bei der Lehrerin einschmei-

cheln! Dafür hat sie mir eins auf die Nase gegeben. Sadie McIver. Ich hatte sie ganz vergessen. Sie war ein temperamentvolles kleines Ding.«

Eine weitere alte Dame trat zu ihnen. »Ihr redet doch nicht etwa über die kleine Sadie, die immer mit meinem Bruder gespielt hat, oder? So ein lebhaftes Mädchen! Ich hatte sie ganz vergessen, wisst ihr … Aber ich habe vielleicht noch irgendwo ein Foto von ihr und unserem Cammie zu Hause.«

»Cammie?«, wiederholte Rosie, weil sie nicht sicher war, ob sie richtig gehört hatte.

»Ja … Sadie und mein kleiner Bruder Cameron waren im gleichen Alter und heckten zusammen lauter Unsinn aus. Beide bekamen in jenem Winter Lungenentzündung und starben kurz nacheinander. Ich weiß noch, wie meine Mutter zu mir sagte, dass unser Cammie im Himmel nicht allein wäre, weil seine kleine Freundin Sadie dort mit ihm spielen könnte …« Sie stieß einen traurigen Seufzer aus.

Rosie schwirrte der Kopf. »Entschuldigung, aber heißen Sie vielleicht …«

»Mrs Bell«, antwortete die alte Dame. »Aber mein Mädchenname ist Lorna MacPherson.«

»Dann hieß Ihr Bruder Cammie MacPherson!«, stellte Rosie erstaunt fest.

»So ist es, mein Mädchen. Cammie war erst sieben

Jahre alt, als er starb. Er hatte ein kurzes Leben, aber ich werde ihn nie vergessen. Ein richtiges Energiebündel! Und er hat immer gelacht.«

Rosie schloss die Augen, weil ihr schwindelig wurde. Sie hatte nicht nur Schneeglöckchens Kind gefunden, sondern auch Cammies.

Um sie herum sprachen die alten Leute über Kinder, die sie früher gekannt hatten, als sie selbst noch Kinder waren. Sie erinnerten sich an ihre eigenen Geschwister, an die McIver-Schwestern und an andere Freunde aus der Kindheit, die ihnen entfallen waren.

Die Fiedelmusik von Reverend MacKay und die plaudernden Stimmen schienen sich von Rosie zu entfernen. Die bunten Farben der Girlanden, der Luftballons und der Kleider verliefen vor Rosies Augen. Und dann wusste sie nur noch, dass sie plötzlich auf dem Boden lag und ihre Eltern sich über sie beugten. Mrs MacKay stand hinter ihnen und vermutete, sie sei wegen der ganzen Aufregung ohnmächtig geworden.

»Hoffentlich wird sie nicht krank«, sagte ihre Mutter besorgt. »Ich bringe sie lieber nach Hause, James. Bleib du doch noch hier und leiste Miss MacPhee Gesellschaft.«

»Ich glaube nicht, dass Miss MacPhee meine Gesellschaft noch braucht«, entgegnete Rosies Vater und zeigte auf Flora, die sich angeregt mit drei alten Damen und einem alten Herrn unterhielt. Der Herr schwirrte um sie herum und bot ihr Sekt und Kuchen an. »Lass uns zu dritt nach Hause fahren.«

Also baten Rosies Eltern Reverend MacKay, Flora nach der Party nach Hause zu bringen, und fuhren mit Rosie nach Thistle Cottage zurück. Ihre Mutter half Rosie beim Ausziehen und brachte sie ins Bett.

Nachdem ihre Mutter die Zimmertür geschlossen hatte, lag Rosie ganz still da und wartete. Bald regte sich etwas hinter den Vorhängen.

Rosie setzte sich abrupt auf. »Schneeglöckchen?« Sie wagte kaum zu atmen.

Es war Cammie. »Du hast es geschafft, Rosie«, sagte er grinsend, flog vom Fenster herüber und landete auf ihrem Bett. »Schneeglöckchen geht es wieder besser. Sie erholt sich von Minute zu Minute. Sie möchte, dass du sie morgen im Feenwald besuchst, aber sie muss zuerst die Feenkönigin fragen. Ich fliege jetzt zurück, weil wir auch ein Fest feiern. Aber wenn die Feenkönigin einverstanden ist, komme ich morgen Abend zurück und hol dich ab.« Er flog zum Fenstersims zurück und drehte sich noch einmal um. »Ich habe mich übrigens geirrt«,

fügte er hinzu und grinste noch breiter. »Ihr Kinder seid noch genauso gute Freunde für uns wie früher!«
Und bevor Rosie antworten konnte, war er auch schon verschwunden.

Kapitel 12

Bevor Rosie Schneeglöckchen wiedersah, musste sie sich von ihrem Vater verabschieden. Trotz Schneeglöckchens Rettung war Rosie traurig, als ihr Vater sie am nächsten Tag an sich drückte und dann ins Auto stieg. Sein Besuch war so schnell vorübergegangen. Er hatte versprochen sie bald wieder zu besuchen, konnte aber noch nicht genau sagen, wann. Rosie hasstc diese Ungewissheit. Ihre Mum versuchte sie zu trösten, doch Rosie konnte sich eine Träne nicht verkneifen, als sie zusah, wie der Wagen ihres Vaters langsam verschwand.

Zurück in ihrem Zimmer wurde sie von Cammie erwartet. Sobald er sie sah, vollführte er einen wilden Tanz auf ihrem Bett. »Die Feenkönigin hat mir erlaubt dich in die Mitte des Waldes mitzunehmen und dir zu zeigen, wo die Feen wohnen!«, verkündete er. »Sie hat mir einen besonderen Feenstaub dafür gegeben. Ich hab ihn hier drin.« Er klopfte auf den Lederbeutel, der an seinem Gürtel hing.

»Wirklich?« Jetzt fühlte sich Rosie etwas besser. »Wann können wir gehen?«
»Sofort. Die Feenkönigin erwartet uns.«
Rosie rief ihrer Mutter zu, dass sie einen Spaziergang machen wollte. Dann eilte sie Cammie hinterher, der schon fast am Gatter war.
Cammie führte sie übers Moor auf den Wald zu und machte am Baumstumpf mit den Blumen ringsherum Halt. »Von jetzt an«, erklärte er mit wichtiger Stimme, »darfst du nur dorthin treten, wo ich den Feenstaub hinstreue.«
Rosie stellte fest, dass Cammie fast denselben Weg einschlug wie sie beim letzten Mal, als sie allein in den Wald gegangen war. Diesmal achtete sie aber darauf, die Füße nur auf die goldene Spur zu setzen, die Cammie für sie legte. Sie spürte beim Gehen ein seltsames Kribbeln am ganzen Körper, während sie Cammie folgte.
»Du machst jetzt lieber die Augen zu«, forderte Cammie sie auf, als der Wald dichter wurde.
»Aber dann lauf ich doch gegen die Bäume!«
»Nein, nein. Schließ einfach nur die Augen und geh weiter. Der Feenstaub sorgt schon dafür, dass du nicht vom Weg abkommst.«
Also ging Rosie mit geschlossenen Augen weiter, zuerst mit zaghaften Schritten, dann entschlossener.

Sie merkte, dass ihr der Feenstaub tatsächlich den Weg wies, so wie ein Blindenhund einen Blinden führen würde. Sie streifte die Bäume nicht einmal, obwohl sie dicht neben ihr sein mussten. Die ganze Zeit pfiff Cammie eine Melodie, damit sie wusste, dass er noch bei ihr war.

»Du kannst die Augen jetzt wieder aufmachen«, verkündete er schließlich.

Rosie stellte fest, dass sie von riesigen Baumstämmen umgeben war, die viel breiter waren als alle, die sie je zuvor gesehen hatte. Und als Cammie zwischen den Bäumen auftauchte, war er gewachsen und hatte jetzt die gleiche Größe wie Rosie!

»Das verstehe ich nicht«, sagte Rosie verwirrt, als er auf sie zukam. »Wo bin ich? Und wie bist du so groß geworden?«

Cammie kicherte. »Ich bin genauso groß wie immer«, erklärte er. »Aber du hast dich verändert. Du bist jetzt so groß wie eine Fee.«

»Was?« Rosie konnte es nicht glauben.

»Na komm«, forderte Cammie sie grinsend auf. »Die anderen warten schon.« Er öffnete eine Tür in einem Baumstamm und bedeutete Rosie, ihm in den Baum zu folgen.

Rosie fand sich in einem hohlen Baumstamm wie-

der. Er war so riesig, dass sie das Ende nicht erkennen konnte, als sie nach oben schaute.
»Nimm einfach meine Hand, dann fliegen wir zusammen hinauf«, erklärte Cammie. Als Rosie ihm die Hand gegeben hatte, hob Cammie ab und schlug heftig mit den Flügeln, um sie beide nach oben zu bringen.
Bald sah Rosie Sonnenschein über sich und sie gelangten aus der Dunkelheit auf eine Grasfläche, die sich als Dorfwiese entpuppte. Der Rasen war von kleinen Holzhütten umgeben, deren Türen mit Blumen eingefasst waren. Feen, die so groß waren wie Rosie, flatterten umher, gossen ihre Blumen vor dem Haus und plauderten miteinander.
»Wow!«, rief Rosie erstaunt aus.
Sie standen neben einem Dorfbrunnen, der sich mitten auf dem Rasen befand. Er war aus Ziegelsteinen gemauert und ein goldener Eimer baumelte von einer Kette, die an seinem bemalten Dach befestigt war.
»Wir sind gerade hier herausgeflogen«, erklärte Cammie. »Der Brunnen ist der einzige Eingang zum Dorf. Er führt in den hohlen Baumstamm hinunter. Nachts leuchtet der Eimer im Dunkeln und erhellt den ganzen Schacht.«
Rosie betrachtete fasziniert den Brunnen.
Ein paar Feen hatten sie inzwischen bemerkt und

winkten ihr lächelnd zu. »Sie wissen alle, dass du Schneeglöckchen gerettet hast«, sagte Cammie, als sie zurückwinkte. »Gehen wir. Du kannst sie später noch kennenlernen. Schneeglöckchen wartet im Haus der Feenkönigin auf dich.«

Die Hütte der Feenkönigin war größer als die anderen und mit violetten und goldenen Kletterrosen bedeckt. Die Tür stand offen. Nachdem Rosie eingetreten war, schritt sie auf einem Teppich aus weichen Blütenblättern, die dufteten, sobald ihre Füße sie berührten.

Mitten im Zimmer stand ein großes Bett, das nur aus roten Rosenblättern bestand. Am Kopfende lehnten zwei weiße Blütenblätterkissen, und über dem Fußende lag ein weißes Laken aus zusammengenähten weißen Blütenblättern.

»Rosie!«, rief plötzlich eine vertraute Stimme hinter ihr.

Rosie drehte sich um und erkannte Schneeglöckchen, die auf sie zuschwirrte. Ihre Haut schimmerte und ihre blauen Augen funkelten, als hätte ihr nie etwas gefehlt. Da sie jetzt so groß war wie Rosie, kamen Rosie die Blütenblätter ihres weißen Rocks riesig vor. Sie hatte sich ein Tuch aus lauter verschiedenen Blütenblättern um die Schultern geschlungen und ihr goldblondes Haar leuchtete.

»Schneeglöckchen – es geht dir wieder gut!«, freute sich Rosie.
»Weil du mich gerettet hast«, erwiderte Schneeglöckchen strahlend und umarmte sie.
Es war ein seltsames Gefühl, Schneeglöckchen in ihrer eigenen Größe vor sich zu sehen. Als wäre Schneeglöckchen ein echtes Kind, das so alt war wie Rosie selbst, und keine Fee.
»Ich möchte dir so viel zeigen!«, rief Schneeglöckchen, nahm Rosies Hand und zog sie ins Feendorf hinaus. »Zuerst das Feenkinderheim. Komm!«
Schneeglöckchen führte sie zu einem langen, schmalen Gebäude, in dem kleine, mit Gänseblümchenketten umrandete Korbbettchen aufgereiht waren. Feen mit weißen Hauben und weißen Blütenblätterschürzen schwebten von einem Bettchen zum anderen und schauten nach ihren Schützlingen.
»Möchtest du ein brandneues Feenbaby sehen?«, fragte Schneeglöckchen. »Wir haben eines, das gerade erst gebracht wurde. Eigentlich ist es noch ein Bündel Glück, aber bald wird daraus ein richtiges Baby.«
Rosie folgte Schneeglöckchen zum ersten Bettchen und blickte hinein. Ihr stockte der Atem. Ein goldener Funkenschwarm sauste im Bettchen immer im Kreis herum. »Das ist ein Feenbaby?«

»Die Funken werden sich bald miteinander verbinden und eine Fee bilden. Komm, sieh dir dieses an. Du hast es neulich schon gesehen, als die Taube es hergebracht hat.«
Rosie folgte Schneeglöckchen zu einem Bettchen in der Mitte der Reihe. Hier sah sie einen sehr viel größeren Funkenschwarm, der sich nicht mehr bewegte und das ganze Bettchen ausfüllte. In ihrer Form erkannte Rosie eine kleine Fee, die auf der Seite lag und deren Flügel nach hinten zeigten. »Unglaublich!«, staunte Rosie.
»In ein paar Tagen kann die kleine Fee das Kinderheim verlassen«, erklärte Schneeglöckchen. »Es gibt auch Winzlingsbabys hier. Sieh mal!«
Schneeglöckchen zeigte ihr alle Babys und stellte ihr die Kinderschwestern vor.
»Die Schwestern sehen so nett aus«, stellte Rosie fest, als sie das Kinderheim zusammen verließen.
»Das sind sie auch, aber es muss etwas ganz anderes sein, wenn man richtige Eltern hat, die einen lieb haben«, entgegnete Schneeglöckchen und klang sehr wehmütig.
»Ich wünschte, meine Eltern könnten sich gegenseitig lieben und nicht bloß mich«, seufzte Rosie. »Dann wären sie noch zusammen.«
»Ja, aber zumindest hast du Eltern, die dich lieben«,

beharrte Schneeglöckchen. »Feen haben überhaupt keine Eltern.«
Rosie schaute ihre Freundin an. Sie konnte sich gar nicht vorstellen, wie es sein musste, keine Eltern zu haben. »Wahrscheinlich habe ich es doch ziemlich gut, was?«, murmelte sie, als sie so darüber nachdachte.
»Gut in einigen Dingen und schlecht in anderen«, antwortete Schneeglöckchen. »Das ist bei Menschen nicht anders als bei Feen.« Sie lächelte und nahm Rosie wieder an die Hand. »Komm, schauen wir uns das übrige Dorf an! Und dann hat die Feenkönigin ein Geschenk für dich.«
Also folgte Rosie Schneeglöckchen durch das Dorf, lernte alle anderen Feen und ihre Winzlingsfreunde kennen und bewunderte im Vorbeigehen jedes einzelne Feenheim. Dennoch musste sie die ganze Zeit an ihr Geschenk denken und fragte sich, was es wohl sein könnte.
Schließlich brachte Schneeglöckchen sie zum Haus der Königin zurück, die bereits auf sie wartete. Jetzt, da sie so groß wie Rosie war, beeindruckte das Mädchen sie noch mehr. Ihr schimmerndes violettes Kleid war am Halsausschnitt mit winzigen Disteln bestickt und wurde in der Taille von einer leuchtend gelben Schärpe zusammengehalten.

»Rosie«, sagte sie lächelnd, kam auf sie zu und überreichte ihr eine einzelne rote Rose. »Hiermit möchte ich dir danken, dass du Schneeglöckchen gerettet hast.«

Rosie roch an der Blume. Sie duftete wunderbar. Doch sie hatte eigentlich etwas anderes erwartet.

»Es ist eine Zauberrose«, erklärte die Feenkönigin. »Du kannst dir damit etwas wünschen.«

»Ich darf mir etwas wünschen?«

»Ja«, sagte die Königin. »Aber die Rose wirkt nur im Feendorf. Deshalb musst du dir jetzt gleich etwas wünschen!« Dann sah sie Rosie ernst an. »Aber du musst gut nachdenken, bevor du deinen Wunsch äußerst. Er kann nur in Erfüllung gehen, wenn er niemand anderem schadet. Feenwünsche können nie eigennützig sein.«

»Okay«, murmelte Rosie. Sie dachte an das, was sie sich mehr wünschte als alles andere auf der Welt. Dann fiel ihr aber wieder ein, was die Feenkönigin gesagt hatte – schließlich wusste sie nicht genau, ob die anderen beiden Menschen, die mit ihrem Wunsch zu tun hatten, damit einverstanden wären.

»Was ist, wenn ich mir nicht ganz sicher bin, ob es der richtige Wunsch ist?«, fragte sie die Königin.

»Dann überleg dir gut, ob du es dir wirklich wünschen solltest«, antwortete die Feenkönigin.

»Aber wenn ich es mir nicht wünsche …«, begann Rosie, »kommen Mum und Dad doch nie …«

»Manche Dinge müssen die Menschen selbst regeln, Rosie«, unterbrach die Feenkönigin sie freundlich. »Das darfst du nicht vergessen. Solche Wünsche kann man sich mit Feenzauber nicht erfüllen.« Sie hielt inne. »Du musst dich nur fragen, ob das, was du dir gern wünschen möchtest, zu diesen Dingen gehört oder nicht.«

Rosie kannte die Antwort darauf. Das machte die Entscheidung leichter.

»Ich hab mir was gewünscht!«, rief sie und gab der Feenkönigin die Rose zurück. »Wird es sich bald erfüllen?«

»Sehr bald, nehme ich an«, antwortete die Königin und lächelte sie an. »Jetzt wird es Zeit, dass du nach Hause zurückkehrst. Cammie und Schneeglöckchen zeigen dir den Weg.« Sie beugte sich vor und gab Rosie einen Kuss auf die Wange. »Wir werden dir nie vergessen, dass du uns geholfen hast, Rosie.«

Rosie fühlte sich sehr erschöpft, als sie zwischen Cammie und Schneeglöckchen zurück in den Dorfbrunnen, den Baumstamm hinunter- und aus dem Wald herausflog. Sie merkte, wie sie neben ihren beiden kleinen Freunden immer größer wurde, und als sie den Baumstumpf am Waldrand erreicht hatten, war sie wieder so groß wie vorher.

»Du solltest dich beeilen«, riet ihr Cammie. »Die alte Flora wollte dich und deine Mutter für heute Nachmittag zu Tee und Geburtstagstorte einladen.«

»Wirklich?«, fragte Rosie, denn das passte überhaupt nicht zu ihrer Nachbarin.

»Heb ein bisschen Zuckerguss für mich auf, ja?«, bat Schneeglöckchen und leckte sich die Lippen.

»Ich leg ihn dir nachher aufs Fenstersims«, versprach Rosie und war auf einmal so glücklich wie schon lange nicht mehr. Es war wirklich schön hier – viel schöner als in London – und sie hatte ihre kleinen Freunde sehr gern. Und falls sich ihr Wunsch erfüllte, würde alles gut werden. Jetzt brauchte sie nur noch nach Hause zu gehen und nachzusehen, ob der Feenzauber gewirkt hatte!

Kapitel 13

Als Rosie im Thistle Cottage eintraf, machte ihre Mutter ein fröhliches Gesicht und sagte, sie hätte eine gute Nachricht für sie.

»Während du unterwegs warst, hat dein Vater angerufen. Er hat gesagt, er wäre auf dem Heimweg so traurig gewesen, weil er nicht wusste, wann er dich wiedersieht. Deshalb hat er gleich wieder einen Flug gebucht und kommt in vier Wochen noch mal her. Er möchte ab sofort einmal im Monat herkommen – entweder hierher zu uns, oder wir beide treffen uns mit ihm in Inverness. Was hältst du davon?«

»Das ist ja toll!«, rief Rosie begeistert. Und das fand sie wirklich – vor allem, weil sie sich das gar nicht gewünscht hatte!

Wie sich herausstellte, hatte Flora Reverend MacKay und seine Frau ebenfalls zum Tee eingeladen und sie waren schon da, als Rosie und ihre Mutter an Floras Tür klopften.

»Hallo, Rosie«, begrüßte Mrs MacKay sie lächelnd. »Ich habe meiner Enkeltochter Katie von dir erzählt. Sie hat den ganzen Sommer Trübsal geblasen, weil ihre beste Freundin Ende Juni aufs Festland gezogen ist. Sie ist so alt wie du, deshalb dachte ich, dass ihr euch bestimmt gut verstehen würdet. Katie hat gefragt, ob du vielleicht morgen zum Spielen zu ihr kommen möchtest. Ich gehe selbst morgen früh hin, also könnte ich dich mitnehmen, wenn du magst.«

Rosies Miene hellte sich auf. Sie konnte es nicht fassen, wie viele tolle Dinge auf einmal passierten, ohne dass sie es sich gewünscht hatte. »Au ja, bitte!«, antwortete sie strahlend. »Ich darf doch, oder, Mum?«

Ihre Mutter lächelte. »Na klar. Ich hatte ja schon die ganze Zeit gehofft, dass du hier Freunde in deinem Alter findest.«

»Ich glaube, du und Katie, ihr habt viel gemeinsam, Rosie«, fuhr Mrs MacKay fort. »Wenn es dir nichts ausmacht, dass sie dir von ihrer Begegnung mit der Feenkönigin erzählt …«

»Soll das heißen, Katie hat sie auch getroffen?«

»Ja, das behauptet sie zumindest …« Mrs MacKay tauschte einen wissenden Blick mit Rosies Mutter. »Aber sie wird dir sicher selbst davon erzählen.«

»Wer möchte ein Stück von meiner wundervollen Geburtstagstorte?«, fragte Flora, die mit einer Teekanne aus der Küche kam. Sie schnitt den Kuchen an, legte Rosie ein extra großes Stück auf den Teller und gab ihr ein einzelnes Stück Zuckerguss dazu. »Den kannst du nachher mitnehmen, wenn du jetzt nicht alles schaffst«, sagte sie augenzwinkernd.
Rosie zwinkerte zurück – wenigstens Flora wusste, dass es die Feen wirklich gab!
Zu Hause ging Rosie gleich in ihr Zimmer und legte den rosafarbenen Zuckerguss auf das Fenstersims. Dann kehrte sie nach unten zurück und sah mit ihrer Mutter ein bisschen fern.
Als sie später am Abend ihre Zimmertür öffnete, saßen Cammie und Schneeglöckchen auf ihrem Bett, knabberten an ihrem zuckrigen Abendessen und kicherten.
Jetzt konnte Rosie endlich ausprobieren, ob sich ihr Feenwunsch erfüllt hatte!
»Mum, komm mal her und sieh dir das an!«, rief sie.
»Was ist denn?«, fragte ihre Mutter und spähte über Rosis Schulter ins Zimmer.
»Da – auf dem Bett! Kannst du sie jetzt sehen?« Rosie zeigte auf ihre beiden kleinen Freunde, die zu essen aufgehört hatten und Rosie überrascht anschauten.

»Ich sehe nur, dass deine Decke voller Zuckergusskrümel ist«, erwiderte ihre Mutter etwas ungeduldig. »Hoffentlich machst du die vor dem Schlafengehen noch weg.«

»Aber, Mum …«, begann Rosie. Es hatte keinen Zweck, darüber zu streiten. Sobald ihre Mutter gegangen war, wandte sich Rosie enttäuscht an Cammie und Schneeglöckchen. »Warum hat sich mein Feenwunsch nicht erfüllt?«, wollte sie wissen. »Ich hab mir gewünscht, dass Mum euch sehen kann.«

Schneeglöckchen flog vom Bett aufs Fenstersims zurück. »Keine Sorge. Ein Feenzauber kann auch auf andere Weise wirken. Du wirst schon sehen.« Sie warf Rosie eine Kusshand zu, schenkte ihr ein strahlendes Lächeln und verschwand.

Als Rosie sich umdrehte, war Cammie ebenfalls nicht mehr zu sehen. Doch sie hörte ihn oben auf seinem Bord hinter den Büchern brummen, wo er sich wahrscheinlich zum Schlafengehen fertig machte.

»Cammie?«, rief sie. »Was hat Schneeglöckchen damit gemeint? Wie kann der Feenzauber denn sonst wirken?«

Doch als Antwort war nur noch ein Schnarchen zu hören.

Rosie musste sich eingestehen, dass sie selbst ziemlich müde war, und bald schlief sie unter die Decke gekuschelt ein.

Als sie am nächsten Morgen aufwachte, hatte sie sofort das Gefühl, dass irgendetwas anders war. Sie konnte nicht genau sagen, was, spürte es aber deutlich. Fast rechnete sie damit, wieder in London zu sein, so verändert kam ihr alles vor.

Sie stand auf, blickte hinaus und sah ihre Mutter im Garten malen. Alles sah aus wie immer. Es war ein herrlicher Tag und Loch Shee glitzerte im Sonnenschein. Dann fiel ihr ein, was am Abend vorher passiert war. Sie rief Cammies Namen, bekam aber keine Antwort. Entweder schlief er noch oder er besuchte seine Feenfreundinnen im Wald.

Im Schlafanzug polterte Rosie die Treppe hinunter und lief zu ihrer Mutter in den Garten hinaus.

»Rosie, ich hatte letzte Nacht einen ganz seltsamen Traum«, rief ihre Mutter ihr aufgeregt zu. »Ich musste sofort aufstehen und ihn malen. Komm mal her und sieh es dir an!« Sie trug noch ihren Morgenmantel und ihr Haar war ganz strubbelig, weil sie es noch nicht gebürstet hatte. Mit dem Pinsel in der Hand winkte sie Rosie zu sich hinter die Staffelei.

Rosie warf nur einen Blick auf das Gemälde und stieß einen überraschten Schrei aus. Vor einem dunklen, sternenübersäten Himmel hatte ihre Mutter

Schneeglöckchen, die Feenkönigin und Cammie gemalt. Sie sahen so echt aus, als hätten sie die ganze Nacht lang Porträt gestanden.
Rosie schaute zu ihrer Mutter auf und konnte ihre Überraschung kaum verbergen. »Das sind sie! Die Fee im weißen Kleid ist Schneeglöckchen ... die wunderschöne Fee in der Mitte ist die Feenkönigin ... und der Winzling ist Cammie.«
Ihre Mutter drehte sich zu ihr um und lächelte sie an. »Das sind sehr passende Namen.«
»Ja, finde ich auch«, stimmte Rosie ihr zu. »Alle Feen haben Blumennamen außer der Feenkönigin, die ...«
»Genau wie du«, unterbrach sie ihre Mutter. »Du hast auch einen Blumennamen.«
Darüber hatte Rosie noch nie nachgedacht. Sie betrachtete wieder das Bild. Es war wirklich wunderschön geworden.
»Möchtest du es in deinem Zimmer aufhängen?«, bot ihre Mutter an.
»Au ja, das wäre toll!«, rief Rosie. Dann entdeckte sie etwas. »Mum, was ist das für ein Glitzerzeug an deinem Pinsel?«
Ihre Mutter schaute auf den Pinsel. »Was meinst du?«
»Das ist Feenstaub!«, stieß Rosie hervor und starrte fasziniert den Pinsel an.

»Feenstaub?«, lachte ihre Mutter. »Ach, Rosie, das ist nur so eine Glitzerfarbe, die ich mal ausprobieren wollte.« Sie lächelte Rosie nachsichtig an. »Weißt du, ich glaube, wenn du erst mal mit Mrs MacKays Enkelin spielst, Dad dich häufiger besuchen kommt und die Schule in ein paar Wochen wieder anfängt, wirst du deine Feen nicht mehr so oft zu Gesicht bekommen.«

Rosie wollte schon protestieren, als ihr wieder einfiel, was die Feenkönigin zu ihr gesagt hatte, als sie das Dorf verließ: Wir werden nie vergessen, dass du uns geholfen hast, Rosie …

War das ein Abschied gewesen? Und es stimmte auch, dass Schneeglöckchen gestern Abend recht plötzlich verschwunden war und dass sie Cammie heute Morgen noch nicht gesehen hatte.

Trotzdem konnte sie sich nicht vorstellen, dass ihre kleinen Freunde sie einfach so verlassen würden.

»Vielleicht hast du Recht, Mum«, antwortete sie und strich mit dem Finger über die Pinselspitze, so dass ihre Fingerkuppe ganz von Glitzerfarbe bedeckt war. »Das glaube ich zwar nicht, aber …« Sie runzelte die Stirn. Einen Moment lang hatte sie das Gefühl, dass sie gar nichts mehr wusste. Dann fiel ihr etwas ein und sie lächelte. »Ich glaube, ich frage einfach mal Katie, was sie davon hält.«

Damit rannte sie nach oben, um sich anzuziehen, damit sie fertig war, wenn Mrs MacKay kam, um sie abzuholen.

ISBN 978-3-7607-3279-4

Die Zwillinge Lea und Leo haben einen ungewöhnlichen Opa! Welcher Großvater ist schon Elfologe und weiß alles über Elfen, Feen und Trolle? Aber das Beste ist: Opa nimmt seine Enkel mit auf eine Reise nach Island! Dort soll es noch viele Zauberwesen geben … Tatsächlich wartet auf Island ein großes Abenteuer auf die Geschwister! Die Feenkönigin ist in großer Gefahr und braucht Hilfe. Ob Lea und Leo dem magischen Volk helfen können?

arsEdition